The Heroes of Olympus

混血營英雄

混血人日記

雷克・萊爾頓 Rick Riordan◎著
江坤山◎譯

遠流

獻給聖安東尼奧的溫斯頓學校

混血人的安心之地

混血營英雄

【目錄】

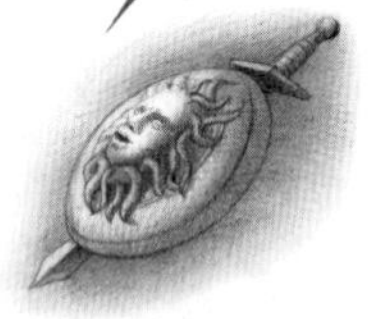

混血人日記

來自混血營的密信

親愛的年輕混血人：

命運在前方等著你們。既然你們已經發現自己的身世，就要準備迎接未來的艱難挑戰：和怪物戰鬥、到世界各地冒險，以及應付喜怒無常的希臘與羅馬天神。你們好自為之吧。

我希望這本書可以在你們的旅途中幫上忙。這些故事都是以極機密的方式交到我手上，因此在出版前我想了很久。然而你們的生存還是放在第一位，這本書能讓你們一窺混血人的世界，這些資訊或許能幫助你們求生。

首先登場的是〈路克．凱司特倫的日記〉。過去幾年裡，很多混血營的讀者和學員問我，能否說說路克早年的故事，也就是他和泰麗雅及安娜貝斯抵達混血營之前的冒險。我一直不願意這樣做，因為安娜貝斯及泰麗雅都不願提起那段日子。我手上唯一的資訊是奇戎交給我的、路克親手寫的日記。不過，我想現在時候到了，應該說一下路克的故事。這或許能讓我們了解，這位本來前途光明的年輕混血人到底是哪裡走錯了路。在這篇摘錄出來的故事裡，你會看到泰麗雅和路克一路追著魔羊來到維吉尼亞州的里奇蒙、在鬼屋裡差點送命，以及遇到一位名叫安娜貝斯的年輕女孩的過程。

我也附上一張哈爾席恩．格林位在里奇蒙的宅邸地圖。雖然故事描述宅邸遭到毀壞，但一番大費周章之後，它終於重建完成。如果你到那裡去得小心一點，裡面可能還藏有寶藏，但更確定的是，裡面也有怪物和陷阱。

第二個故事則鐵定會讓我招惹到荷米斯。〈波西．傑克森與荷米斯的權杖〉描述旅行之神發生一件令人尷尬的意外，他希望波西和安娜貝斯能幫他低調解決。按照時間順序來說，這故事發生在《終極天神》和《迷路英雄》之間，也就是在波西失蹤之前、他和安娜貝斯剛開始約會的時候。這個絕佳的例子讓我們了解到，奧林帕斯山一發生危機，混血人收到緊急通知，日常作息就會被打斷。所以，即使你只是去中央公園野餐，也要記得帶著你的劍！荷米斯曾經威脅我，如果我出版這個故事，就會有郵遞緩慢、網路服務變爛及股市崩盤等情況。我希望他只是虛張聲勢。

在這個故事之後是荷米斯的雙蛇（喬治和瑪莎）的訪問，以及幾幅人物畫像，他們是你在任務中會遇到的重要混血人。包括第一次露臉的泰麗雅．葛瑞斯；她非常不願意有人畫出她的肖像畫，但我們極力說服她這麼一次就好。

接下來，〈里歐的魔桌尋找任務〉將帶你進到九號密庫，里歐就是想在這裡建造他的終極飛船「阿爾戈二號」（又稱「超強霹靂戰爭機器」）。你會了解到，即使在混血營的地盤裡，你還是會碰到怪物，而在這個例子中，里歐就讓自己陷進可能釀成大禍的陷阱裡，其中牽扯到瘋瘋癲癲的狂歡女、會走路的桌子，以及爆炸的材料。即使有派波和傑生的幫助，他能不能安然脫困還是個未知數。

我也附上了九號密庫的圖解，不過要提醒你的是，這只是約略的草圖。沒有任何人能夠找出密庫裡的所有祕密通道、隧道和密室，就算是里歐也沒辦法。這地方到底有多大、多複雜，我們只能猜測。

最後，則是最危險的故事〈魔法之子〉。這個主題太敏感了，我甚至沒辦法自己寫。我怎麼樣也無法接近阿拉巴斯特這位年輕混血人，更別說要訪問他了。他會把我當成是混血營派出來的密探，更可能讓我當場斃命。但我兒子海利卻有辦法觸及他的祕密。海利現在十六歲，和波西同年，特別為本書撰寫了〈魔法之子〉這一篇，而我必須說，他的確回答了某些甚至連我都很疑惑的謎題，像是誰控制迷霧以及用什麼方法控制？為什麼怪物能感知混血人的存在？在克羅諾斯大軍進攻曼哈頓時，那些作戰的混血人下場如何？這些問題都在〈魔法之子〉中獲得解答。你會發現，它揭露波西·傑克森的世界裡全新且極度危險的部分。

我希望這本書對你準備自己的冒險有所幫助。就像安娜貝斯說的，知識就是武器。年輕讀者，我祝你好運。把盔甲和武器放在身邊，保持警戒，並且記住，你並不孤單！

你最忠實的朋友　雷克·萊爾頓

混血營資深記錄者

紐約長島

路克・凱司特倫的日記

我是路克。

說實在的，我不知道這本日記是否能一直寫下去。我的生活還滿瘋狂的。但我答應老頭子我會試試看，畢竟經過今天發生的事情之後……我想，我欠他一個人情。

我坐在這裡守衛時，手還在發抖，腦海裡恐怖的影像揮之不去。在女孩們醒來之前，我還有幾個小時的時間。如果我把這故事寫下來，或許能將此事拋諸腦後。

就從魔羊開始講起吧。

❖

足足有三天，泰麗雅和我追著那隻羊橫跨了整個維吉尼亞。我不太確定為什麼。對我來說，那隻羊看起來沒有什麼特別之處，但泰麗雅表現出前所未見的激動。她深信這隻羊是來自她父親宙斯的某種指示。

沒錯，她老爸是希臘天神。我的也是。我們是混血人。如果你以為這聽起來很酷，那就錯了。混血人是怪物磁鐵，所有古希臘的壞東西依然存在，像是復仇女神、鳥身女妖、蛇髮女怪等，而且從幾公里外就能嗅到我們這些混血英雄的味道。正因為這樣，泰麗雅和我一路都在逃生。我們那些具有神力的父母甚至不和我們說話，更別說幫助我們。為什麼？如果我要解釋，可能會寫滿這整本日記，所以我打算跳過，繼續往下寫。

話說回頭。這隻羊會不時出現，而且總是隔著一定距離。每當我們快要趕上，這隻羊就會消失，然後又在遠方出現，彷彿牠要帶我們到什麼地方去。

要是我的話，才不會管牠呢。泰麗雅不願解釋為何她覺得那隻羊很重要，但是和她並肩冒險了這麼久，我已經學會要相信她的判斷。所以我們就這樣跟著那隻羊。

清晨，我們來到里奇蒙。我們走過一座窄橋，橋下碧綠的河水緩慢流過。我們穿過森林公園和內戰墓園，慢慢走近市中心，眼前盡是一棟挨著一棟、有白柱門廊和小花園的紅磚房子，我們穿行其間，一片靜悄悄。

我想像著住在這些舒適房子裡的正常家庭。我很想知道，擁有一個家、知道我的下一餐在哪裡、不用每天擔心被怪物吃掉是什麼的感覺。五年前，也就是九歲時，我離家出走。我幾乎想不起來睡在真正的床上是什麼樣子。

我們又走了將近兩公里，我感覺自己的腳就要在鞋子裡融化了。我希望能找個地方休息，或許吃點東西，但沒有，因為我們看到那隻羊。

街道盡頭是開闊的圓形公園，四周宏偉的紅磚大廈全都面朝圓環。圓環中央一個六公尺高的白色大理石基座上，是某個傢伙騎馬的銅像。在銅像下方吃著草的，正是那隻羊。

「快躲起來！」泰麗雅把我拉到一排玫瑰叢後方。

「牠只是一隻羊，」這句話我說過幾百萬次了，「為什麼……？」

「牠很特別。」泰麗雅很堅持。「是我爸的聖獸之一，叫做阿瑪爾席亞。」

她之前從未提過這隻羊的名字。我很好奇她為何這麼緊張。

泰麗雅有點天不怕地不怕。她只有十二歲，比我小兩歲，但如果你看到她從路的那一頭走過來，你會自動閃到一邊去。她腳蹬黑色皮靴，身穿黑色牛仔褲，並披著一件破破爛爛的皮衣，上頭釘滿龐克風的鉚釘裝飾。她的一頭黑髮蓬亂如凶猛野獸，那雙散發炙熱眼神的藍色眼珠會直直盯著你看，彷彿在思考要怎樣把你打成肉醬。

所以，任何她會怕的東西，我可不能等閒視之。

「你以前看過這隻羊嗎？」我問。

她勉強點點頭。「在洛杉磯，我逃走的那個晚上。阿瑪爾席亞帶我走出城。然後，你和我相遇的那一晚……是牠帶我找到你的。」

我看著泰麗雅。就我所知，我們以前會相遇是個意外。我們其實是在查爾斯頓城外的龍穴裡碰見，然後合作逃出生天。泰麗雅從未提到羊的事情。

至於她以前在洛杉磯的生活，泰麗雅則不願提起。我很尊重她的，所以從來沒有打探過。我只知道她媽媽愛上宙斯，後來宙斯拋棄了她；天神都是這個樣子。結果她媽媽精神崩潰，不停喝酒，還做出瘋狂的事（我不知道細節），最後泰麗雅決定離家出走。換句話說，她以前的生活和我差不多。

她顫抖地吸了一口氣。「路克，阿瑪爾席亞出現時，就表示會有重要的事情要發生……某件危險的事情。牠就像宙斯的警告，或是指引。」

「指引什麼？」

「我不知道……但是你看。」泰麗雅指向街道盡頭。「這次牠沒有消失，我們一定是接近牠要帶我們去的地方了。」

泰麗雅說得沒錯。那隻羊就站在那裡，距離我們不到一百公尺的地方，正心滿意足地吃著銅像基座旁的草。

我不是農場動物專家，不過我們更靠近阿瑪爾席亞之後，牠看起來的確很奇怪。牠有著公羊的捲角，但也有母羊腫脹的乳房。而牠毛茸茸的灰毛……是在發光嗎？一束束光芒似乎連在牠身上像一團霓虹燈，讓牠看起來身影模糊，給人鬼魅的感覺。

幾輛車子繞著圓環，但似乎沒有人注意到那隻放射光芒的羊。我不感到訝異，這是某種奇幻的偽裝，讓凡人看不見怪物或天神真正的樣貌。泰麗雅和我並不知道這股力量叫什麼，也不清楚它如何運作，但它很有威力。這隻羊在凡人眼中或許只是一隻流浪狗，或者，他們根本就看不見牠。

泰麗雅抓著我的手腕。「來吧，我們試著跟牠說話。」

「先前我們躲著這隻羊，」我說：「現在你要和牠說話？」

泰麗雅把我拖出玫瑰樹叢，然後拉著我過街。我沒有抗議。只要泰麗雅腦袋裡有什麼想法，你只能照著做。她總是一意孤行。

況且，我不能放她一個人去。泰麗雅救過我十幾次，她是我唯一的朋友。在我們認識之前，我已經獨自流浪好多年，既孤單又悲慘。以前我偶爾會和凡人交朋友，但每次和對方吐露真相，他們都無法理解。我承認我是荷米斯的兒子，就是那位穿著有翅飛鞋、長生不老的使者。我向對方解釋，怪物和希臘天神都是真的，而且在現代世界裡相當活躍。我的凡人朋友就會說：「太酷了！真希望我也是混血人！」好像這是某種遊戲。最後我總是離他們而去。

但是泰麗雅了解，她和我是同類。既然我遇到她，便決心要黏著她。如果她想追著發光的奇幻羊跑，那就這樣做吧，即使我對這件事有不好的預感。

我們慢慢靠近雕像。那隻羊完全沒有注意到我們。牠吃了一些草之後，用角抵著雕像的大理石基座。銅製的銘牌上寫著「羅勃特·李」❶，我對歷史知道得不多，但我很確定李是個打敗仗的將軍。我覺得這不是個好兆頭。

泰麗雅在羊的旁邊跪下來。「阿瑪爾席亞？」

羊轉身。牠有一雙悲傷的琥珀色眼睛，脖子上戴著銅製項圈，全身散發著模糊的白光，不過最吸引我注意的是牠的乳房。每個乳頭都標有一個希臘字，就像刺青一樣。我看得懂一些古希臘文，我猜這大概是混血人與生俱來的本領。乳頭上的字是：神飲、牛奶、水、百事可樂、冰塊按此和低卡山露汽水。也有可能我看錯了，希望如此。

❶羅勃特·李（Robert E. Lee）為美國南北戰爭時的著名將領，人稱「李將軍」。

的嗎？」

泰麗雅直盯著羊的眼睛看。「阿瑪爾席亞，你要我做什麼？是我爸派你來

羊瞄了我一眼。牠看起來有點惱怒，就好像我打擾了私人談話一樣。

我往後退一步，壓抑住想拔出武器的衝動。喔，對了，我的武器是一支高爾夫球杆。儘管笑吧。我以前有一支用神界青銅製成的劍，是怪物剋星，但後來被酸蝕掉了（說來話長）。現在我的背包裡只有一支九號鐵杆，一點也不威。如果羊對我們發動突襲，我的麻煩就大了。

我清清喉嚨。「嗯，泰麗雅，你確定這隻羊是你爸派來的？」

「牠是不朽之身，」泰麗雅說：「宙斯還是嬰兒時，他媽媽瑞雅把他藏在洞穴裡……」

「因為克羅諾斯想要吃掉他？」我不知在哪裡聽過，有關老泰坦王吃掉自己孩子的故事。

泰麗雅點點頭。「所以阿瑪爾席亞這隻羊就照顧起搖籃裡的嬰兒宙斯，把他養育長大。」

「用低卡山露汽水？」我問。

泰麗雅皺起眉頭。「你說什麼？」

「看看乳頭上的字，」我說：「這隻羊提供五種口味，還有製冰功能。」

「咩——」阿瑪爾席亞發出聲音。

泰麗雅拍拍羊的頭。「沒事，他沒有要侮辱你的意思。你為什麼帶我們來這裡呢，阿瑪爾席亞？你要我去哪裡？」

羊又用頭抵著雕像，上頭傳來金屬的嘎吱聲。我一抬頭，看見李將軍銅像的右手動了一下。

我幾乎要躲到羊的後面。之前，泰麗雅和我曾與幾個會動的神奇雕像打鬥過，它們被稱為自動機械，碰到它們不會有好事。我可沒有急著想用九號鐵杆來對付羅勃特．李先生啊。

幸運的是，雕像並沒有發動攻擊，它只是把手指向對街。

我緊張地看著泰麗雅。「那是什麼意思？」

泰麗雅朝著雕像手指的方向點點頭。

圓環對面有一棟爬滿常春藤的紅磚樓房，兩邊是高大的橡樹，枝葉上垂掛著松蘿。房子的窗戶因為用百葉窗遮住而顯得昏暗，前廊兩側各有一排斑駁的白柱，大門塗上炭黑色的漆。即使在陽光耀眼的清晨，這地方看起來陰暗而鬼魅，像是小說《飄》那個時代的鬼屋。

我感到口乾舌燥。「那隻羊要我們去哪裡？」

「咩咩。」阿瑪爾席亞的頭往下一沉，就像在點頭似的。

泰麗雅摸著蜷曲的羊角。「謝謝你，阿瑪爾席亞。我……我相信你。」

我不懂為什麼要相信，泰麗雅看起來明明很害怕呀。

這隻羊讓我覺得很困擾，不只是牠提供百事飲品的緣故。我的腦袋裡彷彿有什麼聲音。我想我聽過其他人提過宙斯的這隻羊，和發光的毛有關……

突然間，阿瑪爾席亞身邊的霧開始變濃、變厚，一個迷你暴風雲將牠吞噬，雲裡的閃電不斷閃爍。等到雲霧消散，羊也不見了。

我甚至連試試製冰機的機會也沒有。

我注視著對街那棟荒廢的房子。兩邊長滿苔蘚的樹木看起來很像爪子，正等著要抓我們。

「你確定嗎？」我問泰麗雅。

她轉向我。「阿瑪爾席亞總是帶我找到好事。牠上次出現就讓我碰到你。」

這句恭維像杯熱巧克力般讓我感到溫暖。我對這點很沒輒。泰麗雅只要對我眨眨那雙藍眼睛、說句好話，就幾乎能讓我做任何事。但我不禁要想：在查爾斯敦，羊是要帶她找到我，或只是要帶她進龍穴？

我嘆了一口氣。「好吧，鬼屋，我們來囉。」

❖

銅製門環的形狀看起來很像梅杜莎的臉，這可不是什麼好徵兆。門廊地板在我們腳下發出嘎吱聲。窗戶的百葉窗支離破碎，不過因為玻璃很髒，而且另一邊還裝了深色窗簾，所以我們看不到房屋裡面的樣子。

泰麗雅敲了敲門。

沒有回應。

她稍微搖晃門把，但似乎上了鎖。我希望她會決定放棄，她卻反而充滿期待地看著我。「你能發揮一下自己的能力嗎？」

我咬著牙。「我討厭發揮自己的能力。」

即使我從未見過我爸、而且我也不太想見他，不過我還是擁有一些他的能力。除了當天神的使者，荷米斯也是商業之神（這是我對錢有一套的原因）、旅行之神（這可以解釋為什麼這個神界的混蛋會離開我媽，一去不回），同時也是偷竊之神；他偷過的東西有……喔，阿波羅的牛、女人、妙點子、皮包、我媽的理智，以及我擁有像樣人生的機會。

抱歉，我的語氣聽起來是不是有點不滿？

總之，因為我父親是如此的神偷，我也擁有一些我不想大聲宣傳的能力。

我把手放在門栓上，集中精神，感受內部控制舌閂的插鞘。喀噠一聲，門栓滑開了。門把的鎖就更簡單了。我輕輕一敲，轉動它，門應聲開了。

「這太酷了！」泰麗雅低聲說，雖然她已經看我做過幾十次。

門口散發出一股邪惡的酸腐味，像是死人的氣息。但泰麗雅還是走進去，我別無選擇，只能跟上。

裡頭是老式的舞廳。屋頂掛著一盞枝形吊燈，上頭裝有一些用神界青銅製成的飾品，像是箭頭、小片盔甲及斷劍的柄，這些東西映照著吊燈的光芒，讓室內充滿黯淡的黃色光澤。兩條走廊分別通往左右兩邊，一道樓梯沿著後面的牆壁盤旋而上，厚重的布幔把窗戶都遮住了。

這地方一定曾經輝煌過，只是現在廢棄了。棋盤樣式的大理石地板已經變髒，上頭滿是泥土和一些變乾變硬的東西，希望那只是番茄醬而已。房間一角，一具沙發被開腸剖肚，好幾把桃花心木椅遭到破壞，只能當柴燒。樓梯下邊則放了一堆瓶瓶罐罐、破毯子，以及骨頭，一副人類尺寸的骨頭。

泰麗雅從她的皮帶上抽出武器。金屬製的圓筒看起來像是防身用的噴霧罐，不過當她搖動之後，它會不斷變大，變成她手上一把完整尺寸的長槍，頂端是用神界青銅製成的槍尖。我抓著高爾夫球杆，一個和「酷」幾乎沾不上邊的武器。

我開口說：「或許這不是什麼好……」我們身後的門轟的一聲關上了。

我衝過去用力拉門把。拉不動。我把手按在鎖上，集中意志想把它打開。這次一點也不管用。

「有種魔力，」我說：「我們被困住了。」

泰麗雅跑向最近的窗戶，她試著撥開布幔，但厚重的黑布纏住她的手。

「路克！」她尖叫。

窗簾融解成一灘油泥，彷彿一片片黑色大舌頭。它們爬上她的手臂，覆蓋住她的長槍。我感覺自己的心臟快從喉嚨裡爬出來了，但我還是衝向布幔，舉起高爾夫球杆猛砸。

那灘軟泥一陣震動之後又變回布料，我立刻把泰麗雅拉出來。她的長槍噹啷一聲掉在地上。

我把她拖開，這時窗簾又開始癱軟，並想要抓住她。一片片軟泥不斷往外揮擊，幸運的是，它們似乎離不開窗簾桿。幾次想要抓住我們不成功之後，軟泥漸漸平靜下來，最後又變回布幔。

泰麗雅在我懷裡發抖。她的長槍掉在附近，冒著煙，彷彿泡過強酸。她舉起雙手，手上正冒著熱氣，還起了水泡。她的臉蒼白得像是快要休克了。

「撐住！」我讓她躺到地上，然後慌忙地在我背包裡摸索一陣。「撐住，泰麗雅。我找到了。」

我終於找到裝神飲的瓶子。天神的飲料能治療傷口，不過瓶子裡幾乎是空的。我把剩下的飲料倒在泰麗雅手上，熱氣隨即消散，水泡也漸漸淡去。

「你會沒事的，」我說：「休息一下。」

「我們……我們不能……」她的聲音在顫抖，但還是掙扎著站起來。她看著布幔，臉上表情既恐懼又厭惡。「如果所有窗戶都像那樣，而門又上鎖……」

「我們會找到其他出口的。」我信誓旦旦地說。

現在似乎不是提醒她「如果不是那隻笨羊，我們也不會出現在這裡」的好時機。我心裡想著我們有哪些選擇：往上的樓梯，或者兩條漆黑的走廊。我瞇著眼看向左側走廊，依稀可以看見靠近地板處有一對小小的紅燈在發光。或許是夜燈？

可是那些燈移動了，它們跳上跳下，不但變得更亮，也更靠近了。這時一個低沉叫聲讓我毛髮豎立。

泰麗雅發出脖子被勒住般的聲音。「啊，路克……」

她手指著另一邊的走廊，另一對發光的紅眼睛從陰暗處瞪著我們。兩邊走廊都傳來一陣奇怪而空洞的喀噠、喀噠、喀噠的聲音，就像有人在玩用骨頭做成的響板。

「樓梯看起來還可以。」我說。

就好像在回答我一樣，一個男子的聲音從我們頭上的某個地方傳來：「沒錯，往這邊。」

那聲音充滿濃厚的悲傷感，彷彿在指示我們走向葬禮似的。

「你是誰？」我大喊。

「快點！」那聲音叫喚著，但聽起來並不激動。

在我的右邊，同樣的聲音迴盪著：「快點。」喀噠、喀噠、喀噠。

我楞了一下才領悟到，那聲音似乎來自走廊上的那玩意——有著發光紅眼睛的東西。然而同一個聲音怎麼可能從兩個不同的地方傳來？

這時，同樣的聲音又從左側走廊傳來：「快點。」喀噠、喀噠、喀噠。

我以前碰過不少可怕的事物，有噴火犬、地窖蠍、龍，更別提那片油膩又會吃人的黑布幔了。但那些在我四周迴盪的聲音、那些從兩邊向我逼近的發光眼睛，以及詭異的喀喀聲，都讓我覺得自己像一頭被狼群包圍的鹿。我身體的每塊肌肉都繃得好緊。直覺告訴我：**跑！**

我抓住泰麗雅的手，衝向樓梯。

「路克……」

「快點！」

「如果那是另一個陷阱……」

「沒得選擇了！」

我拉著泰麗雅跳上樓梯。我知道她說得沒錯，我們可能會一頭栽進死亡陷阱裡，但我也知道，我們必須逃離樓下那些東西。

我不敢回頭看，但聽得到那些生物正在逼近，有像山貓一樣的嚎叫聲、像馬蹄般沿著大理石地板發出沉重的腳步聲。天啊，它們到底是什麼鬼東西？

到了樓梯頂端，我們衝進另一個走廊。牆上燭台的微光閃爍之下，兩邊的門看起來像在跳舞。我跳過一堆白骨，不小心踢到一個人類骷髏頭。

不知前方哪裡傳來一個男人的聲音：「這邊！」他的聲音比剛剛更緊急了些。「左邊最後一道門！快點！」

在我們身後，那些生物重複著他的話：「左邊！快點！」或許那些生物只會像鸚鵡一樣模仿別人，又或者我們前方那個聲音也是某個怪物發出來的。不過，那個男子的聲調讓人感覺很真切，聽起來孤單又悲慘，像是個俘虜。

「我們必須幫他。」泰麗雅說，彷彿她看透了我的心思。

「沒錯。」我同意。

我們往前衝。這個走廊毀壞的程度更誇張了，壁紙像樹皮一樣剝落，燭台被摔成碎片，地毯撕成了碎塊，上面骨頭四散。光線從左邊最後一扇門的底端滲漏出來。

在我們身後，馬蹄般的腳步聲愈來愈響亮。

我們來到門前，我正要撞開門，它就自動打開了。泰麗雅和我跌了進去，一頭摔在地毯上。

門猛然關上。

門外，那些生物挫敗地發出吼聲，不斷刮擦著牆壁。

「哈囉，」那個男子的聲音說，現在聽起來更近了。「我很抱歉。」

我一陣暈眩，以為自己聽到的聲音來自左邊，但抬頭一看，他卻站在我們的正前方。

他穿著一雙用蛇皮做成的靴子，身上那件棕綠交雜的西裝外套，材質可能也是蛇皮。他高挑而瘦削，豎立的灰色頭髮幾乎和泰麗雅的一樣亂糟糟。他看起來就像蒼老多病卻打扮時尚的愛因斯坦。

他垂著肩，一雙悲傷的綠眼睛，眼袋浮腫。他以前應該很俊俏，不過現在臉上的皮膚鬆垮垮，好像半洩了氣似的。

他房裡的擺設像是起居工作通用的公寓。不像這棟屋子的其他地方，這房間的狀況還不錯。離門最遠的牆邊放了一張單人床、一張書桌上有電腦，窗戶有黑色布幔蓋住，和樓下的一樣，右方牆邊有書架、小廚房，還有兩個門，一個通往浴室，另一個通向大型櫥櫃。

泰麗雅說：「嗯，路克……」

她指向我們左邊。我的心臟幾乎要從胸腔裡跳出來。

房間左邊像監獄一樣有一排鐵柵欄，裡頭的景象卻是我所見過最駭人的動物園展示。碎石子鋪成的地板上散落著骨頭和盔甲碎片，在上面來回踱步的是一隻獅身紅褐毛的怪物，但牠沒有腳爪，而是像馬一樣的蹄，尾巴如皮鞭般來回揮動，頭像馬又像狼，有尖尖的耳朵、瘦長的口鼻，黑色的嘴唇則像人類，看起來令人不安。

怪物發出吼聲。我一度以為牠戴著拳擊手戴的那種護牙套，原來牠的嘴裡沒有牙齒，而是兩塊馬蹄鐵形狀的結實骨板。當牠嘴巴上下咬合時，就會發出我在樓下聽到刺耳的喀噠、喀噠、喀噠聲。

怪物那發光的紅眼睛死盯著我看，口水從怪異的鼻梁滴下來。我想跑，卻無處可逃。我還聽得到其他生物在走廊上嚎叫，至少有兩隻。

泰麗雅扶我站起來。我握緊她的手，面向那個老人。

「你是誰？」我質問：「關在籠子裡的是什麼？」

那老人的臉痛苦地扭了一下，因為表情太過悲慘，我以為他要哭出來了。

他張開嘴巴，但說話時，聲音並不是從他那邊傳過來。

就像某種恐怖的腹語術表演，講話的是那怪物，發出的卻是老人的聲音。

「我是哈爾席恩·格林。我非常抱歉，但關在籠子裡的是『你們』。你們被引誘到這裡來，準備受死。」

❖

泰麗雅的長槍留在樓下，所以我們手上只有一樣武器，也就是我的高爾夫球杆。我舉起來朝著老人揮舞，不過對方沒有任何威脅的舉動。他看起來很可憐、很憂鬱，我下不了手。

「你……最好說清楚，」我結結巴巴，「為什麼……怎麼……什麼……？」

你看得出來吧，我很擅長遣詞用字。

柵欄後方，怪物的骨板下巴一動一動，發出喀噠、喀噠聲。

「我了解你們的困惑，」怪物用老人的聲音說，那富有同情心的語調和眼裡致命的紅光很不相配。「你眼前的生物是盧闊塔，牠能模仿人類的聲音。這是牠引誘獵物的方法。」

我看看老人，又看看怪物。「但是……聲音是你的？我是說，那個穿蛇皮西裝外套的老兄，我聽到的是他想說的話？」

「沒錯，」盧闊塔深深嘆了一口氣。「如你所說，我是穿蛇皮西裝外套的老兄。這是我的詛咒。我的名字是哈爾席恩．格林，我是阿波羅的兒子。」

泰麗雅往後踉蹌了兩步。「你是混血人？但你這麼……」

「老嗎？」盧闊塔問。那個男人，也就是哈爾席恩．格林，端詳著自己有老人斑的雙手，好像無法相信那是自己的手一樣。「沒錯，我是啊。」

我了解泰麗雅的驚訝。我們在旅途中只遇過幾個混血人，有些很友善，有些則不盡如此，但他們都是和我們差不多的孩子。我們的生命總是面臨危險，所以泰麗雅和我認為，混血人不太有機會活到大人的年紀。可是哈爾席恩・格林很「古老」，看起來至少有六十歲了。

「你在這裡多久了？」我問。

哈爾席恩無精打采地聳聳肩。怪物替他回答：「數不清了。有幾十年吧？因為我父親是神諭之神，我一生下來就帶著預見未來的詛咒。阿波羅警告我要保持沉默。他告訴我，永遠不要跟別人說自己看到了什麼，因為那會觸怒天神。但很多年前……我就是忍不住想說。我遇到一位年輕女孩，她注定要死於意外。我把她的未來告訴她，因此救了她的命。」

我想把注意力放在老人身上，可是我很難不看著怪物的嘴巴：黑色的嘴唇，留著口水的骨板下巴。

「我不懂……」我強迫自己直視哈爾席恩的眼睛。「你做的是好事。為什麼會觸怒天神呢？」

「他們不喜歡凡人插手干涉命運，」盧闊塔說：「我父親因此詛咒我。他強迫我穿這些用蟒蛇皮做成的衣服，這條蟒蛇看守過德爾菲神諭，我父親這麼做是為了提醒我，我並不是神諭。他奪走我的聲音，並把我鎖在這棟房子裡，我童年的家。然後天神派盧闊塔來看守我。通常盧闊塔只會模仿人類的聲音，但牠們能夠連結我的想法，替我發出聲音。牠們讓我活命是為了讓我當餌，好引誘其他混血人上鉤。阿波羅藉此要我永遠記著，我的聲音只會帶領其他人走向毀滅。」

我生氣了，口中頓時湧上一股苦澀味。我早就知道天神是很殘忍的，我那不盡責的爸爸就對我不理不睬了十四年。但哈爾席恩．格林所受的詛咒簡直大錯特錯，這根本是太邪惡了。

「你應該反擊，」我說：「你不該受到這樣的待遇。逃出去，殺了那些怪物，我們會幫你的。」

「他說得沒錯，」泰麗雅說：「對了，他叫路克，我是泰麗雅。我們擊敗過不少怪物。我們一定能做點什麼，哈爾席恩。」

「叫我哈爾就好。」盧闊塔說。老人沮喪地搖搖頭。「你們不了解。你們不是最先來到這裡的人。我想所有混血人剛到這裡的時候都會覺得有希望。有時候我會設法幫他們，可是沒有成功過。窗戶由致命的布幔守著……」

「我注意到了。」泰麗雅低聲說。

「……而門則被施了很重的魔法，它只會讓你進，不會讓你出。」

「看我的。」我轉身，把手按在門鎖上。我集中心智，沒多久汗水就沿著我的脖子往下流，但什麼事也沒發生。我的力量毫無作用。

「我不是告訴過你，」盧闊塔苦澀地說：「我們沒有人能離開。想和怪物對抗更是毫無希望。人界或神界的任何金屬都無法傷害牠們。」

為了證明他的說法，老人撥開蛇皮外套的一角，露出皮帶上的匕首。匕首的刀身是由神界青銅製成，他抽出這把外表邪惡的刀，然後慢慢靠近關著怪物的籠子。

盧闊塔對著他咆哮。哈爾將刀子戳進柵欄裡，直接刺向怪物的頭。通常，神界青銅所製的武器只要一出擊就能瓦解怪物，然而刀身只是擦過盧闊塔的口鼻，沒有留下任何傷口。盧闊塔用蹄踢柵欄，哈爾只好往後退。

「你看吧？」怪物幫哈爾發聲。

「你就這樣放棄嗎？」泰麗雅不死心。「你幫怪物引誘我們上門，然後等著牠們來殺我們？」

他把匕首收入刀鞘。「我很抱歉，親愛的，可是我沒有選擇，我也被困在這裡。如果我不配合，怪物會讓我餓死。怪物原本可以在你們進門的那一刻就殺掉你們，但牠們利用我來引誘你們上樓。他們容許你們陪我一小段時間，這能稍微緩解我的寂寞。然後……嗯，怪物會在太陽下山的時候進食。今天的日落時間是七點三分。」他指向桌上的數字鐘，上面顯示上午十點三十四分。「你們消失之後，我……我就靠你們帶來的食物維生。」

他飢渴的眼光掃向我的背包，一陣寒意沿著我的脊椎往下竄。

「你和怪物一樣壞。」我說。

老人畏縮了一下。我才不在乎自己是不是傷了他的心。我的背包裡有兩條士力架巧克力棒、一份火腿三明治、一瓶水，以及一罐空的神飲。我可不想因為這些東西而送命。

「你們討厭我很合理，」盧闊塔用哈爾的聲音說：「可是我救不了你們。日落時，這些柵欄會升起，怪物就會把你們拖走並殺掉。逃不掉的。」

關著怪物的籠子裡，後面牆壁上有個方形壁板嘎吱一聲打開了。我之前沒有注意到那裡有壁板，但它一定是通往另一個房間。其他兩隻盧闊塔踱步走進籠子，這時三隻盧闊塔都用發光的紅眼睛直盯著我看，牠們的骨板下巴充滿期待地不斷咬合。

我很好奇，怪物的嘴巴這麼奇怪，要怎麼吃東西呢？一隻盧闊塔像是要回答我的問題似的，用嘴巴咬起一塊老舊的盔甲。用神界青銅製成的護胸盔甲看起來很厚，應該連長槍也刺不穿，但盧闊塔像老虎鉗般緊緊咬住它，在金屬上咬出馬蹄鐵形的洞。

「看到了吧，」另一隻盧闊塔用哈爾的聲音說：「怪物的力量非常強大。」

我感覺自己的雙腿就像浸了水的義大利麵條般癱軟。泰麗雅的手指深深嵌進我的手臂裡。

「弄走牠們，」她求情地說：「哈爾，你能讓牠們離開嗎？」

老人皺起眉頭。第一隻怪物說：「如果這麼做，我們就沒辦法對話了。」

第二隻怪物以同樣的聲音接著說：「而且，你們想得到的任何脫逃策略，其他人都已經試過了。」

第三隻怪物說：「想要私下談話是沒意義的。」

泰麗雅像怪物一樣焦躁不安地往前跨一步。「牠們知道我們在說什麼嗎？我的意思是，牠們只會說話，還是真的了解那些話的意思？」

第一隻盧闊塔發出高音的哀鳴，然後牠模仿泰麗雅的聲音：「牠們真的了解那些話的意思？」

我感覺肚子一陣翻騰。怪物模仿泰麗雅維妙維肖。如果我是在黑暗中聽到那個聲音在呼叫救命，會毫不遲疑奔向它。

第二隻怪物幫哈爾說話：「這些生物很聰明，程度和狗不相上下。牠們懂得情感，理解一些簡單的字彙，還能靠著哭喊『救命！』這樣的字眼來引誘獵物，但我不確定牠們真的懂多少人類的語言。這都無關緊要，你們是騙不了牠們的。」

「弄走牠們，」我說：「你有電腦，用打字表達你想說的話。如果我們會在日落時候死掉，我不想要那些東西整天直盯著我看。」

哈爾猶豫了。然後他轉向那些怪物，不發一語地瞪著牠們。過了一會兒，盧闊塔發出咆哮，踱出籠子，而牆上的壁板在牠們離開之後關上了。

哈爾看著我。他張開手臂，像是在道歉，或者在問問題。

「路克，」泰麗雅著急地說：「你有什麼計畫嗎？」

「還沒想到，」我承認，「但我們最好在日落之前想出辦法。」

❖

這種感覺很怪異，我是說等死。通常當泰麗雅和我對付怪物時，我們大概只有兩秒鐘可以想出對策。威脅近在眼前，下一刻我們不是生、就是死。現在我們整天被困在這裡無事可做，只知道日落時那些籠子的柵欄就會升起，而我們會被任何武器都殺不死的怪物凌虐至死，然後撕成碎片，接著哈爾席恩·格林會吃掉我的巧克力棒。

這種懸而未決的感覺比遭到攻擊還要糟糕。

我有點忍不住想用高爾夫球杆敲昏這個老人，然後拿他來餵布幔，這樣至少他不能再幫怪物去引誘其他混血人來受死。但我下不了手，哈爾是如此孱弱與可憐。再說，他背負的詛咒並不是他的錯。他困在這個房間裡已經幾十年了，被迫仰賴怪物替他發聲與存活，被迫眼睜睜看著其他混血人死去，而這全因為他救了一個女孩的性命。這是哪門子的正義啊？

我還是很氣哈爾把我們引誘來這裡，不過我可以理解為什麼他在經過這麼多年之後已經不抱希望。如果有任何人活該被高爾夫球杆打頭，那就是阿波羅；若真要說的話，還有所有不負責任的奧林帕斯天神父母。

我們仔細查看這個監禁哈爾的房間裡還有什麼東西。書架上塞滿了各類書籍，從遠古歷史到恐怖小說都有。

歡迎你們拿起任何書來看，哈爾在電腦上打字，只是請不要看我的日記，那是屬於個人的東西。

他保護性地把手放在鍵盤旁邊一本破爛的綠皮書上。

「沒問題。」我說。我不相信這裡有任何書能幫助我們，哈爾大半輩子都困在這個房間，我無法想像他能在日記裡寫出什麼有趣的事。

他讓我們看電腦上的網路瀏覽器。太棒了。我們可以用來訂購披薩，然後看著怪物把送披薩的人吃掉。這實在沒什麼用。我猜我們或許可以寫電子郵件向某人求救，只不過我們沒有任何人可以聯絡，而且我從來沒用過電子郵件。泰麗雅和我甚至連手機都沒有。我們在痛苦經驗中發現，混血人使用科技產品會吸引怪物上門，就像血會吸引鯊魚一樣。

我們接著來到浴室。考量到哈爾住在這裡這麼長的時間，浴室算是非常乾淨。他有兩套備用的蛇皮衣服，顯然只用手洗，然後晾在浴缸上方的桿子上。鏡子後面的藥櫃放滿了浴室常見用品，有化妝品、藥、牙刷、急救包、神食和神飲。我試著不去想這些東西是從哪裡來，不過在我搜尋之後，並沒有找到任何能夠打敗盧闊塔的東西。

泰麗雅挫折地用力關上抽屜。「我不懂！為什麼阿瑪爾席亞要帶我來到這裡？其他混血人也是因為那隻羊才來這裡嗎？」

哈爾皺起眉頭。他示意要我們跟著他回到電腦前面。他在鍵盤前面弓起背開始打字：什麼羊？

我覺得沒必要把它當成祕密，便告訴他我們是如何跟著宙斯那隻提供百事飲料的發光羊來到里奇蒙，以及牠如何指引我們來到這棟房子。

哈爾一臉困惑。他打字：我聽說過阿瑪爾席亞，但不知道為什麼牠要帶你們來這裡。其他混血人是因為寶物而被吸引到這棟房子，我以為你們也是。

「寶物？」泰麗雅問。

哈爾起身，帶我們到他那大到可以走進去的衣物間，裡頭塞滿了更多從不幸混血人身上搜刮的生活用品，像是對哈爾來說太小的大衣、一些用木頭和松脂做成的老式火把、凹陷的盔甲，以及一些用神界青銅鑄造但已經彎折、壞損的劍。多可惜啊，我剛好需要一把劍哪。

哈爾移開一箱箱的書和鞋子、一些金條，還有一小籃他似乎不感興趣的鑽石。他從地上挖出一個頂部六十平方公分的金屬保險箱，指著它的手勢好像在說：你們看！

「你能打開它嗎？」我問。

哈爾搖搖頭。

「你知道裡面有什麼嗎？」泰麗雅問。

哈爾再一次搖搖頭。

「這是陷阱。」我猜。

哈爾用力點頭，然後用手指劃過他的脖子。

我在保險箱旁邊蹲下來。我沒有碰觸它，只是把手伸近密碼鎖，我的手指因為感受到熱度而一陣刺痛，彷彿這保險箱是個烤爐。我集中精神，直到能感覺到裡面的機關。發現後，心中暗叫不妙。

「糟了糟了，」我喃喃自語：「不管裡面是什麼東西，一定很重要。」

泰麗雅在我旁邊蹲下來。「路克，這就是我們來這裡的原因。」她的聲音充滿興奮，「宙斯要我找到這東西。」

我懷疑地看著她，我不知道她對她老爸哪來那麼大的信心。宙斯對待她比起荷米斯對我並沒有好到哪裡去。再說，之前有好多混血人被帶到這裡，而他們所有人都死了。

儘管如此，她還是用熱切的藍色眼睛盯著我看，而我知道泰麗雅又會再次得逞。我嘆了口氣。「你要我打開它，對吧？」

「可以嗎？」

我咬著嘴唇。或許下次我該找其他人搭檔，選一個自己沒那麼喜歡的人。我就是沒辦法拒絕泰麗雅。

「以前有人試過要打開這東西，」我警告，「把手被下了詛咒。我猜任何人只要碰到它，就會被燒成一堆灰燼。」

我抬頭看著哈爾，他的臉色變得和頭髮一樣灰白，我就當做他是同意我的話了。

「你能避開詛咒嗎？」泰麗雅問我。

「我想可以的，」我說：「但我擔心的是第二道陷阱。」

「第二道陷阱？」泰麗雅問。

「沒有人成功啟動過密碼鎖，」我說：「我會知道這點，是因為一旦你碰到第三個數字，裡面的毒罐就會破掉。它以前還不曾被啟用過。」

從哈爾睜大的眼睛來判斷，他壓根兒不知道這件事。

「我可以想辦法讓它失效，」我說：「不過如果我搞砸了，這整棟房子就會充滿毒氣。我們會死。」

泰麗雅吞了口水。「我相信你。只是……別搞砸了。」

我轉向老人。「你或許可以躲在浴缸裡，臉上用一些溼毛巾蓋住，這樣可能有些保護作用。」

哈爾不自在地移動身體，西裝的蛇皮料子起了皺摺，好像它還是活的，正想要吞下什麼討厭的東西。他的臉上閃過各種情緒，有恐懼，有懷疑，但大部分是羞愧。我想他無法接受我的建議，讓兩個孩子冒生命危險，自己卻躲在浴缸裡。或許他仍保有一點混血人的精神。他指向保險箱，好像在說：動手吧。

我碰觸密碼鎖，然後集中心智，用力的程度就像在舉二百公斤重的啞鈴。我的脈搏加速，一行汗水從我的鼻頭滴落。終於，我感覺到裡面的機關轉動了。金屬嘎吱嘎吱響，齒輪喀噠一聲，最後門栓「啪」地退了回去。我小心翼翼地避開把手，僅用指尖把門掀開，拿出一瓶瓶身完整的綠色液體。

哈爾呼了一口氣。

泰麗雅親吻我的臉頰；不過在我正拿著一瓶致命毒藥時，她應該不要這樣比較好。

「你真是太棒了。」她說。

冒這個險值得嗎？喔，非常值得。

我往保險箱裡看，熱切的情緒頓時消散了大半。「就這樣？」

泰麗雅伸手進去，拿出一條手鍊。

它看起來只是一條拋光的銀鍊子，不太像什麼值錢東西。

泰麗雅把它扣在自己的手腕上。什麼事也沒發生。

她沉下臉。「它應該要有反應的。如果宙斯派我來這裡……」

哈爾拍拍手引起我們的注意。突然間，他的眼神幾乎和他的頭髮一樣狂亂。他誇張地比手劃腳，但我完全搞不懂他要說什麼。最後，挫折的他舉起蛇皮靴子重重跺了地板，帶我們回到大廳。

他坐在電腦前開始打字。我瞥了一眼他桌上的鐘；或許這屋子裡的時間走得比較快，也或許人們在等死的時間過得特別快，總之現在已經過了中午，我們的時間剩下不到半天。

哈爾讓我們看他打字的短文：**就是你們了!!你們真的拿到了寶物!!真不敢相信!!那保險箱在我出生之前就被封起來了!!阿波羅告訴過我，當寶物的主人現身時，我的詛咒就會結束!!如果你就是寶藏的主人……**

文章還沒結束，還有更多驚嘆號，但我還沒讀完，泰麗雅就說：「等一下，我以前從沒見過這條手鍊，我怎麼會是它的主人呢？而且如果你的詛咒應該結束的話，那代表怪物已經消失了？」

走廊上傳來了喀噠、喀噠、喀噠聲，回答了這個疑問。

我對哈爾皺起眉頭。「你的聲音回來了嗎？」

他張嘴，可是沒有發出任何聲音。他的肩膀垮了下來。

「或許阿波羅的意思是，我們將會救你出去。」泰麗雅說。

哈爾打了一行字：**或者是，今天我就會死。**

「謝謝你喔，開心先生。」我說：「我以為你可以預測未來。難道你不知道會發生什麼事嗎？」

哈爾打字：**我沒法預測，那太危險了。你也知道上次我試著使用我的力量時發生什麼事。**

「當然，」我咕噥道：「別冒險，你可能會破壞在這裡過的好日子。」

我知道這樣說很惡劣，但這老人的膽怯惹惱我了。他讓天神利用他作為洩憤對象太久了，現在該是他反擊的時候，最好是在泰麗雅和我成為盧闊塔的下一餐之前。

哈爾垂下頭來。他的胸膛在顫抖，我才看出他正在默默啜泣。

泰麗雅凶惡地橫了我一眼。「沒關係，哈爾，我們不會放棄的。這條手鍊肯定就是解答，它一定有什麼特殊的力量。」

哈爾顫抖著深吸了一口氣。他轉向鍵盤，然後打字：**那是銀的。即使它變成武器，怪物也不會受到任何金屬的傷害。**

泰麗雅轉向我，用眼神暗暗拜託我，意思像是：換你想個有用的點子了。

我觀察空空的籠子，以及怪物走出去的金屬壁板。如果這個房間的門不會再打開，而窗戶又被吃人的強酸布幔覆蓋，那麼壁板或許是我們唯一的出口。我們沒辦法使用金屬武器。我有一瓶毒藥，如果我對這東西的判斷沒錯，它一旦飄散開來，就會殺光房間裡的每一個人。我腦中閃過其他十幾個念頭，但很快又統統否定掉。

「我們必須找到另一種不同的武器，」我下定決心說：「哈爾，借你的電腦用一下。」

哈爾看起來很疑惑，不過還是讓位子給我。

我瞪著電腦螢幕。老實說，我以前幾乎沒用過電腦，就像我說過的，科技會吸引怪物。但荷米斯是通訊、道路和商業之神，或許這意謂著他對網路也有一點力量。此刻，就讓我來使用偉大超凡的 Google 搜尋引擎吧！

「一次就好，」我對著螢幕低聲說：「拜託通融一下。讓我看看當你的兒子也是有點好處的。」

「你說什麼，路克？」泰麗雅問。

「沒什麼。」我說。

我點開網路瀏覽器，開始打字。我查詢了「盧闊塔」，希望找到牠們的弱點。網路上幾乎沒有牠們的資料，除了說牠們是傳說中的動物，靠著模仿人類聲音來引誘獵物。

我搜尋「希臘武器」，找到一些很棒的圖片，有劍、長槍和投石器，可是我想我們沒辦法用這些低解析度的圖檔殺死怪物。我接著輸入一連串房間裡有的東西，有火把、神界青銅、毒藥、士力架巧克力棒、高爾夫球杆，希望能有什麼神奇組合跳出來，讓我們能發射致命光線殺死盧闊塔。很不幸沒有。我輸入「幫助我殺死盧闊塔」，所得到最接近的搜尋結果是：幫助我吃好多蛋塔。

我的頭一陣抽痛。我完全沒概念自己到底搜尋了多久，直到我看了一眼時鐘：下午四點。這怎麼可能？

在此同時，泰麗雅一直想要啟動她的新手鍊，但是沒轍。她試著扭它、拍它、搖它、把它戴在腳踝上、朝牆壁丟它，以及一邊在頭上搖晃它、一邊大喊：「宙斯！」什麼事也沒發生。

我們彼此對看，而我知道我們兩個的點子都用光了。我想起之前哈爾對我們說過的話。所有的混血人一開始都抱著希望，他們都想過逃脫的點子，而他們全都失敗了。

我不能讓這樣的事情發生。泰麗雅和我一路掙扎求生，現在不能放棄。但現在就是要了我的命（我是說真的），也想不到還有什麼辦法可試。

哈爾走過來，用手指著鍵盤。

「請用。」我沮喪地說。

我們交換位子。

沒時間了，他打字，我要試著預視未來。

泰麗雅皺起眉頭。「你不是說那太危險了。」

沒關係，哈爾打字，路克說得沒錯。我是個膽小的老頭子，不過阿波羅對我的懲罰不可能更糟了。或許我能看見什麼可以幫助你們的事情。泰麗雅，把你的手給我。

他轉向她。

泰麗雅猶豫著。

房間外面，盧闊塔又是嚎叫、又是刮擦牆壁。聽起來牠們餓了。

泰麗雅把手搭在哈爾席恩‧格林的手上。老人閉上眼睛，集中精神，和我在判讀複雜門鎖的方式一樣。

這時他縮了一下，然後顫抖著吸了一口氣。他用憐憫的表情看著泰麗雅，接著轉身面對鍵盤，猶豫了好長一段時間才開始打字。

今天你注定可以活命。哈爾打字。

「那……那是好事，對吧？」她問：「你幹嘛看起來那麼悲傷？」

哈爾盯著閃爍的游標看，然後打字：不久之後，你會為了救朋友而犧牲自己。我看到的事情就是這樣……很難描述。長年的孤寂。你會站得高挺且直立不動，活著但沉睡不起。你會改變一次，然後又再度改變。你會走上悲傷而孤寂的道路。不過有一天你會再度找到你的家庭。

泰麗雅握緊拳頭。她開始講話，接著在房裡踱步。最後一掌拍在書架上。「這根本沒道理呀。我會犧牲自己，卻又活下來。改變？沉睡？你說這是我的未來？我……我甚至沒有家人呀。就只有我媽，但我不可能回到她身邊的。」

哈爾噘起嘴唇，然後打字：對不起。我不能控制我看到的內容。不過我不是指你媽媽。

泰麗雅往後退，幾乎要掉進布幔裡。她雖然及時停下腳步，但看起來很暈，好像剛從雲霄飛車走下來。

「泰麗雅？」我盡可能委婉地問：「你知道他在說什麼嗎？」

她看著我，露出被逼入困境的表情。我不明白為什麼她看起來這麼驚惶失措。我知道她不喜歡談起以前在洛杉磯的生活，但她曾經告訴我，她是家中唯一的孩子，而她也從未提過除了媽媽以外的親人。

「沒什麼，」最後她開口，「算了。哈爾的算命技術過時了。」

我很確定，泰麗雅連自己也不相信這句話。

「哈爾，」我說：「一定還有別的吧。你剛剛說泰麗雅能活命。怎麼辦到？你看到任何關於手鍊的事嗎？或是那隻羊？我們需要任何能幫上忙的事情。」

他悲傷地搖搖頭，然後打字：我沒有看到任何關於手鍊的事，很抱歉。我對阿瑪爾席亞這隻羊知道的不多，可是我不太相信牠能幫上忙。那隻羊在宙斯還是嬰兒的時候養育他，之後宙斯殺了牠，並用牠的皮製作自己的盾牌，也就是埃癸斯。

我搔搔下巴。我很確定，稍早我一直試著回想有關羊皮的故事就是這個。這似乎很重要，不過我想不透重要在哪裡。「所以宙斯殺了養育自己的羊。果然是天神會做的事。泰麗雅，你知道有關神盾的事情嗎？」

她點點頭，很明顯因為話題改變而鬆了口氣。「雅典娜把梅杜莎的頭放在盾牌前面，並用神界青銅把整個盾牌包覆起來。雅典娜和宙斯會在戰鬥中輪流使用神盾，它能嚇退他們的敵人。」

我看不出來這樣的資訊能幫上什麼忙。顯然，阿瑪爾席亞這隻羊已經復活了。這種情形常發生在神話怪物身上，牠們終究會離開塔耳塔洛斯的深淵，重新恢復形體。但為什麼阿瑪爾席亞要帶我們來這裡？

一個不好的念頭閃過我的腦海。如果我曾經被宙斯剝皮，我鐵定不會想再幫助他。事實上，我可能還會殺掉宙斯的孩子來報仇。或許這就是阿瑪爾席亞帶我們來這棟房子的理由。

哈爾把手伸向我。他陰森的表情告訴我，該換我算命了。

一陣恐懼將我淹沒。聽過泰麗雅的未來之後，我不想知道自己的命運。如果她能活命，而我不行呢？如果我們兩人都能活下來，但就像哈爾之前說的，泰麗雅接下來卻會犧牲自己來救我？我可承受不了。

「不要，路克，」泰麗雅苦澀地說：「天神是對的，哈爾的預言沒辦法幫助任何人。」

老人眨著溼溼的眼睛。他的手看起來如此孱弱，很難相信他身上流著不死天神的血液。他剛剛告訴我們，無論如何他的詛咒會在今天終結。他已經預見泰麗雅能活命。如果他能看到我的未來裡有任何幫得上忙的事情，我得試試。

我把手伸向他。

哈爾深吸一口氣，閉上眼睛。他那件蛇皮外套閃耀著光芒，好像它要脫皮一樣。我努力讓自己保持平靜。

我的指尖可以感覺到哈爾的脈搏，一、二、三。

他突然睜開眼睛，把手往外一甩，驚恐地瞪著我。

「好，」我說，感覺自己的舌頭就像砂紙一樣又乾又粗。「我猜你沒有看到什麼好事。」

哈爾轉向他的電腦。他瞪著螢幕好久，久到我以為他出神了。

終於，他開始打字。火。**我看到火。**

泰麗雅皺起眉頭。「火？你是說今天？這能幫助我們嗎？」

哈爾神情悲戚地抬起頭來。他點點頭。

「還有什麼？」我追問：「什麼事把你嚇壞了？」

他避開我的眼睛，不情願地打字：**很難確定。路克，我也在你的未來看到了犧牲。是個選擇。但也是背叛。**

我等著，可是哈爾並沒有詳細說明。

「背叛，」泰麗雅說，語氣中帶著不安，「你的意思是有人會背叛路克？因為路克永遠不會背叛任何人的。」

哈爾打字：**他的道路很難看清楚。但如果他今天活下來，他將會背叛……**

泰麗雅一把抓過鍵盤。「夠了！你引誘混血人來這裡，然後用你恐怖的預言奪走他們的希望？難怪他們會放棄，就像你放棄了一樣。你真是可悲！」

哈爾的眼神裡燃起了怒火。我以為老人的內心早就沒有憤怒，但他站了起來。那一瞬間，我以為他要撲向泰麗雅。

「來啊，」泰麗雅咆哮：「出手打我啊，老頭子。你還有火力嗎？」

「住手！」我命令。哈爾立刻退下。我敢發誓，老人現在怕我怕得不得了，不過我不想知道他在幻像中看到了什麼。不管我未來要面對什麼樣的夢魇，我得先活過今天再說。

「火，」我說：「你剛剛提到火？」

他點頭，然後攤開雙手，表示他無法提供進一步的細節。

一個想法在我腦袋後方嗡嗡作響。火。希臘武器。我們在這個房間找到的一些生活用品……我把這一串名單輸入搜尋引擎，希望能找到一個神奇組合。

「怎麼了，」泰麗雅問：「我知道那個表情，你在盤算什麼事情。」

「讓我看一下鍵盤。」我坐到電腦前面，重新搜尋網路。

一篇文章立刻跳了出來。

泰麗雅站在我身後盯著螢幕看。「路克，這太完美了！但我想那東西只是個傳說。」

「我不確定，」我承認，「如果是真的，我們要怎麼製造它？這裡並沒有說明配方。」

哈爾用指關節敲敲桌面，要我們注意。他面露興奮，指向書架。

「古代史書。」泰麗雅說：「哈爾說得沒錯。這些書多半非常古老，裡面可能有我們在網路上找不到的資訊。」

我們三個全跑到書架前，開始把書一本本抽出來翻。很快地，哈爾的藏書看起來就像被颶風掃過，但他似乎不怎麼在意。他不斷把書丟出來，我們盡可能快速翻閱書頁。說實話，如果沒有他，我們永遠找不到答案。大肆搜尋卻沒有結果之後，他突然跑過來，指著一本老舊的皮革裝訂書的某一頁。

我掃視這份清單，愈來愈興奮。「就是這個！希臘火藥的配方！」

我怎麼會知道要搜尋它呢？或許是我爸荷米斯、這位半調子天神在指引我，因為他對藥劑和煉金術得心應手。或許我以前在什麼地方看過這個配方，而搜索這個房間時勾起了我的記憶。

我們需要的每樣東西都在這個房間裡。之前我們仔細檢查被打敗的混血人所留下的生活用品時，已經看到了所有材料：古老火炬的松脂、一瓶神飲、哈爾急救包裡的酒精……

其實，我不應該寫下完整的配方，即使在這本日記裡也不行。萬一有人偶然發現它，並學會了希臘火藥的配方……嗯，萬一燒掉凡人的世界，我可不想擔這個責任。

我從頭到尾看完清單，只缺少一樣東西。

「觸媒，」我看著泰麗雅，「我們需要閃電。」

她睜大眼睛。「路克，我不能。上次……」

哈爾把我們拉到電腦前面，然後打字：**你可以召喚閃電???**

「有時候啦，」泰麗雅坦承，「這是宙斯的管轄範圍。但在室內我辦不到，即使我們到了外面，我也很難控制閃電的走向。上次我差點就害死路克。」

我想起那件意外，脖子上的汗毛豎立了起來。

「不會有問題的，」我強裝自信，「我來準備溶液。都弄好之後，電腦下方有個電源插座，你可以召喚閃電打在這棟房子上，讓它沿著電線進到房子裡。」

「然後把這房子給燒了。」泰麗雅補充。

哈爾打字：**如果你們成功的話，反正還是會燒掉房子。你們真的了解希臘火藥有多危險嗎？**

我嚥了一下口水。「嗯，它是神奇之火。不管它碰到什麼，都會燃燒起來。你無法用水、滅火器或任何東西撲滅它，但如果我們的配方分量夠多，或許能夠製造出炸彈，朝著盧闊塔丟……」

「牠們會燒起來，」泰麗雅瞥了一眼老人，「你說，該不會連火都傷害不了怪物吧。」

哈爾皺起眉毛。**我想還不至於，**他打字，**可是希臘火藥會讓這個房間變成煉獄，火勢在幾秒之內就會擴散到整棟房子。**

我看著空蕩蕩的籠子。根據哈爾的鐘，我們在日落前大約還有一小時。當那些柵欄升起、盧闊塔攻擊時，我們或許有機會一搏，如果能用爆炸讓怪物措手不及，如果我們能設法繞過牠們，並在不被吃掉或燒掉的情況下逃到籠子後方的逃生壁板前。太多如果了。

我的腦海裡閃過十幾個不同的策略，但我一直想到哈爾之前提到的「犧牲」。我擺脫不掉這種感覺，就是我們三個人全都逃出去是不可能的。

「我們開始製作希臘火藥吧，」我說：「其他事情就船到橋頭自然直。」

泰麗雅和哈爾幫我蒐集我們需要的東西。我們打開哈爾的爐子，烹煮一些極度危險的東西。時間過得太快。外面的走廊上，盧闊塔又開始嚎叫，嘴巴喀喀作響。

窗上的布幔把陽光都擋住了，但鐘上的時間顯示，我們幾乎沒有時間了。

我調配材料時，臉上滿是汗珠，每次一眨眼就想起電腦螢幕上哈爾的話，彷彿它們已烙印在我眼簾上：**你的未來有犧牲。是個選擇，也是背叛。**

他是什麼意思？我很確定他沒有全盤托出，但有一件事是確定的：我的未來讓他很害怕。

我設法讓自己專注於工作。我對自己正在做的事沒有把握，可是我別無選擇。或許荷米斯會罩我，借我一些他的煉金術知識；又或許我的運氣不錯。最後，我做出滿滿一鍋黑色黏糊油汙狀東西，倒進舊的果醬玻璃瓶，然後封口。

「來，」我把果醬瓶遞給泰麗雅。「你可以用電粉碎它嗎？在我們打破瓶子之前，玻璃應該可以防止它爆炸。」

泰麗雅看起來並沒有很興奮。「我試試看。我得讓牆上的電線露出來。要召喚閃電，我需要幾分鐘集中精神。你們兩個最好退後，萬一……你們知道的，要是我或什麼東西爆炸了。」

她從哈爾的廚房抽屜裡拿出一支螺絲起子，然後爬到電腦桌下，開始動手處理電線插座。

哈爾拿起他那本綠色皮面日記，比手勢要我跟他走。我們走到衣物間門口，哈爾從外套裡拿出一枝筆，然後快速翻頁。我看到一頁又一頁工整卻很難讀的手寫字體。最後，哈爾終於找到空白頁，潦草地寫了一些東西。

他把日記交給我，上頭寫的是：路克，我要你收下這本日記。裡面記載了我的預言、關於未來的筆記，以及對自己過錯的反省。我想這或許能幫到你。

我搖頭。「哈爾，這是你的。你留著。」

他把日記拿回去，寫道：你有著重要的未來。你的選擇將改變世界。你可以從我的錯誤中學習，並繼續寫這本日記。它或許能幫你做決定。

「什麼決定？」我問：「你看到什麼讓你嚇成這樣？」

他的筆懸在紙頁上好長一段時間。我想我終於了解自己為什麼被詛咒，他寫著，阿波羅是對的，有時候未來最好還是當成謎題不要解開。

「哈爾，你的父親是個混蛋。你不應該受到……」

哈爾急切地拍拍日記，潦草寫下：請答應我，你會繼續寫這本日記。如果我早點開始記錄我的想法，或許能避免犯下一些愚蠢錯誤。還有另一件事……

他把筆夾在日記裡，從皮帶解下神界青銅匕首，把它遞給我。

「我不能收，」我告訴他，「我的意思是，我心領了，但我比較習慣用劍啦。而且，你要和我們一起走，你會需要這個武器的。」

他搖搖頭，把匕首放進我手裡，又開始寫字：這匕首是我救的一個女孩送我的禮物。她向我保證，這把匕首會永遠保護它的主人。

哈爾顫抖地吸了口氣。他一定知道，在身受詛咒之下，這個諾言聽起來是個多麼苦澀的反諷。他又寫：匕首不像劍那樣有威力，攻擊範圍也比較短，但在對的人手裡，它會是優秀的武器。你擁有它，我會安心一點。

他和我四目相對，我終於明白他的打算。

「不要，」我說：「我們一起逃出去。」

他噘起嘴，寫道：我們都知道這是不可能的。我能夠與盧閼塔溝通，所以邏輯上我是當餌的最佳人選。你和泰麗雅在衣物間裡面等著，我會引誘怪物到浴室去。我幫你們爭取幾秒鐘的時間，你們必須在我引爆炸藥之前到達壁板出口。你們要有時間，這是唯一的辦法。

「不。」我說。

然而他的表情堅定而果決。他再也不像是個膽小的老頭子，看起來是個做好出征準備的混血人。

我無法相信他會為了兩個剛認識的孩子而提議犧牲自己的性命，尤其在他受苦這麼多年之後。不過我不需要紙筆就看出他的想法，這是他贖罪的機會。他將會在最後做出英雄的舉動，在今天終結他的詛咒，就像阿波羅預告的一樣。

他又潦草寫下一些話，然後把日記遞給我。最後這句話是「答應我」。

我深深吸了一口氣，然後把日記闔上。「好，我答應你。」

閃電震撼整棟房子。我們兩人雙雙跳起來。電腦桌那裡有個東西發出「嚓啪！」的聲音，電腦冒出一陣白煙，一股輪胎燃燒的氣味充斥整個房間。

泰麗雅坐起身來，面露微笑。她身後的牆壁像是起了水泡一樣變形，整片被熏黑。電源插座已經整個融化，但她手上裝著希臘火藥的果醬罐現在正發著綠光。

「有人訂購神奇炸彈嗎？」她問。

就在這時候，鐘上的時間顯示七點三分。籠子的鐵柵欄開始升起，牆壁的背板緩緩打開。

我們沒有時間了。

❖

老人伸出手來。

「泰麗雅，」我說：「把希臘火藥交給哈爾。」

她看看我、又看看他。「但是……」

「他必須這麼做，」我的聲音聽起來比平常粗啞，「他要幫助我們逃走。」

她漸漸明白我這些話背後的意思，臉色也變得蒼白。「路克，不行。」

柵欄已經升到一半，就快到屋頂了。門板在嘎吱聲中緩慢打開。盧闊塔在通道裡嚎叫著，嘴巴不斷開闔。

「沒時間了，」我警告說：「快！」

哈爾從泰麗雅手中拿走火藥瓶，對她露出勇敢的微笑，然後對我點點頭。

我想起他寫下的最後一句話：「答應我。」

我把他的日記和匕首收進背包裡，然後拉著泰麗雅一起進到衣物間。

就在這一瞬間，我們聽到盧闊塔衝進房間。三隻怪物全都一邊嘶嘶叫著、一邊繞著家具踏步，急著想吃東西。

「在這裡！」哈爾的聲音呼喊著。這一定是其中一隻怪物在幫他發聲，但他的話聽起來既勇敢又有自信。「我把他們困在浴室裡了！快來，你們這些醜陋的笨蛋！」

聽著盧闊塔侮辱自己實在很奇怪，不過這計謀似乎奏效了。這些生物朝著浴室跑去。

我抓著泰麗雅的手。「趁現在！」

我們竄出衣物間，衝向籠子。裡頭的壁板已經關起來，其中一隻盧闊塔驚訝地發出怒吼，轉過身來追我們，可是我不敢回頭看。我們踉踉蹌蹌地進到籠子裡，我衝向出口的壁板，用高爾夫球杆撬開它。

「快，快，快！」我大喊。

泰麗雅扭動身體鑽過去，這時金屬壁板的力道開始讓高爾夫球杆彎曲。浴室那頭傳來哈爾大喊的聲音：「你們這些塔耳塔洛斯來的爛狗，你們知道這是什麼嗎？這是你們的最後一餐！」

這時一隻盧闊塔撲到我身上，我扭身一轉、大聲尖叫，就在牠的骨板嘴巴對著我的臉咬下去時，我驚險閃過。

我奮力朝著牠的口鼻揍下去，但那就像打在一袋溼水泥上面。然後有個東西抓住我的手臂，泰麗雅把我拉進通道裡。壁板關閉了，我的高爾夫球杆應聲折斷。

我們爬過金屬管道，進到另一間臥室，跌到地板上。

我聽到哈爾席恩·格林大喊戰鬥口號：「阿波羅萬歲！」

整棟房屋因巨大爆炸而震動。

我們衝進走廊，那裡已經著火了。火焰吞噬壁紙，地毯冒出蒸氣。哈爾臥室的門因為爆炸而從鉸鍊上脫落，火焰有如雪崩一般傾洩而出，經過的每件東西都蒸發掉了。

我們來到樓梯。煙霧很濃，我看不到樓梯底端。我們跌跌撞撞地走，不斷咳嗽，熱氣燒灼著我的眼睛和肺。我們來到樓梯底部，正以為我們快要到門口時，盧闊塔突然襲擊，從背後將我撂倒。

牠一定是追著我們進到籠子裡的那隻。我想因為牠離爆炸夠遠，所以逃過第一波爆破，並想辦法逃出了臥室，不過看來牠不喜歡這段經驗。牠的紅色皮毛已經燒焦成黑色，尖耳朵也著火，其中一隻發光的紅眼睛因為腫脹而閉著。

「路克！」泰麗雅尖叫。她抓起已經躺在大廳地板上一整天的長槍，尖端朝著怪物的肋骨猛刺，但這麼做只是惹惱了盧闊塔而已。

牠的一隻蹄踏在我的胸膛上，一邊張開骨板嘴巴要咬泰麗雅。我動彈不得，而且我知道牠只要再多加一點力道，就能壓碎我的胸膛。

我的眼睛被煙霧熏得刺痛，幾乎喘不過氣來。我看到泰麗雅用長槍再次攻擊怪物，這時一道金屬閃光吸引了我的目光，是一條銀手鍊。終於我腦中靈光一閃，想到帶領我們來這裡的那隻羊阿瑪爾席亞的故事。泰麗雅注定要發現這個寶物的。它屬於宙斯的孩子。

「泰麗雅！」我喘著氣說：「神盾！它叫什麼名字？」

「什麼神盾？」她大喊。

「宙斯的神盾！」我突然想起來。「埃癸斯。泰麗雅，手鍊，它有密碼！」

這是情急之下的猜測。感謝天神（或者說，感謝好運），泰麗雅聽懂了。她輕拍手鍊，不過這次她大喊：「埃癸斯！」

霎時，手鍊膨脹開來，變成扁平的大銅盤，一個邊框裝飾著精緻設計的盾牌。在盾牌中間，金屬內凹形成一個死亡面具，面孔相當駭人，我要是能跑，早就逃了。我轉頭不看，但殘留的影像仍在我腦海裡延燒：蛇髮、發光的眼睛、尖牙外露的嘴巴。

泰麗雅將盾牌用力推向盧闊塔，怪物隨即像小狗一般吠叫並往後退，我因此能從牠蹄下的重壓脫身。我穿過煙霧，看到嚇壞的盧闊塔直直衝向最近的布幔，布幔變成閃亮的黑舌頭，將怪物吞了下去。怪物不斷冒出熱氣，開始喊叫「救命」，牠喊叫的聲音有十幾種，可能都是之前受害者的聲音。最後，怪物消解在一片黑色油汙皺摺裡。

我驚訝又害怕地躺在那裡，燃燒的天花板就要塌下來壓在我身上，還好泰麗雅抓住我的手臂，並大喊：「快點！」

我們衝向前門。我正想著要如何打開門，這時雪崩般的火勢從樓梯上衝下來，燒向我們。建築物隨之爆炸。

❖

我想不起來我們是怎麼脫身的，只能假設是震波把前門轟開，並把我們推出來。

接下來我只知道，自己四腳朝天地躺在圓環，不斷咳嗽和喘氣，這時一柱火焰向上竄入傍晚的天空。我的喉嚨像火在燒，眼睛感覺像被潑了強酸。我想找泰麗雅，卻發現自己正瞪著梅杜莎的銅版面孔。我發出尖叫，因此有力氣能站起來，然後跑走。我一直跑，最後整個人蜷縮在羅勃特．李的銅像後方。

對，我知道，這聽起來很好笑。但我沒有心臟病發或被車撞還真是奇蹟。最後泰麗雅追上來，她的長槍已經變回防身噴霧罐，盾牌則變回銀手鍊。

我們一同站起來，看著房屋陷入火海。磚牆倒下，黑色的布幔燒成一團團紅色火焰。屋頂坍塌，煙霧在空中翻騰。

泰麗雅啜泣起來，一道淚痕劃過她臉上的煙灰。

「他犧牲了自己，」她說：「他為什麼要救我們？」

我抱著我的背包，能感覺到裡面的日記和青銅匕首，是哈爾席恩・格林這一生唯一的遺物。

我的胸口很緊，彷彿盧闊塔還踩在上面一樣。我曾批評哈爾是個膽小鬼，可是到了最後，他比我還勇敢。天神對他下詛咒，他大半輩子都和怪物關在一起。對他來說，要讓我們像之前的混血人一樣死掉是輕而易舉的，他卻選擇在生命結束時當個英雄。

我對自己無法拯救老人感到很愧疚。我希望自己能和他多說一點話。他在我的未來看到了什麼而讓他這麼恐懼？

「你的選擇會改變世界。」他警示我。

我不喜歡那樣的聲音。

警笛的聲音把我帶回了現實。

因為是未成年就離家，泰麗雅和我已經學會不去相信警察和其他權威人士。凡人會想要質問我們，還可能把我們送進少年輔育院或寄養家庭。我們不能讓那樣的事情發生。

「快點。」我對泰麗雅說。

我們穿過里奇蒙的大街，最後來到一個小公園。我們在公共廁所裡盡力把自己清理乾淨。然後躺下來，等待天色全黑。

我們沒有談論剛剛發生的事。我們茫然地走過附近街道和工業區。我們沒有計畫，也不再有發光的羊可跟隨。我們累壞了，但兩人都沒有想要睡覺或停下腳步。我想要離那棟燃燒的房屋愈遠愈好。

這不是第一次我們僥倖逃生，但之前從未靠著犧牲另一個混血人的性命而成功。我擺脫不掉這股悲痛。

答應我，哈爾席恩．格林這麼寫過。

「我答應你，哈爾，」我心裡想著，「我會從你的錯誤中學習。如果天神那樣惡劣地對待我，我會反擊。」

沒錯，我知道這聽起來像瘋話，可是我感覺既苦澀又憤怒。如果這讓奧林帕斯山上那些傢伙感覺不舒服，他們可以下來當面告訴我。

我們在一棟舊倉庫附近停下腳步休息。在微弱的月光下，我可以看到紅磚建築的側面漆上了「里奇蒙鐵工坊」這個名字。窗戶大多是破的。

泰麗雅在發抖。「我們可以走去以前待過的營區。」她建議，「在詹姆斯河上。我們在那裡有很多生活用品。」

我不置可否地點點頭。要到那裡至少花上一天，但還是個可行的計畫。

我將我的火腿三明治一分為二，一份給泰麗雅。我們默默吃著三明治。食物嘗起來就像硬紙板。我才剛吞下最後一口，便聽到附近巷子裡傳來微弱的金屬碰撞聲。我耳中嗡嗡作響。我們有同伴了。

「附近有人，」我說：「不是一般的凡人。」

泰麗雅緊張起來。「你怎麼這麼確定？」

我沒有答案，不過我站起來。我抽出哈爾的匕首，主要是想利用神界青銅發出的光芒。泰麗雅抓著長槍，並召喚埃癸斯。這次我學乖了，不去看梅杜莎的臉，但它的存在還是讓我起雞皮疙瘩。我不知道這個盾牌是否就是那個埃癸斯，或只是為英雄們打造的複製品，但不管怎樣，它散發著力量。我了解為什麼阿瑪爾席亞要泰麗雅去拿到它。

我們躡手躡腳地沿著倉庫牆壁前進。

我們轉進一個黑漆漆的巷道，走到盡頭是個裝卸碼頭，堆滿了廢鐵。

我指著碼頭平台。

泰麗雅皺起眉頭。她小聲說：「你確定嗎？」

我點頭。「我覺得那下面有東西。」

就在這時候傳來一聲「哐啷」巨響，碼頭上一片波浪狀鐵皮在抖動。有東西，或者說有人，在下面。

我們躡手躡腳地往裝卸碼頭走去，在一堆金屬旁邊停下腳步。泰麗雅擎起長槍準備好，我打手勢要她別出手。我探向那片波浪狀金屬，然後靜靜數著：「一，二，三！」

我一掀開鐵片，有個東西立刻撲向我，好像是一團棉布和金髮，接著一支鐵鎚直直砸向我的臉。情況本來可能會很慘的，幸運的是，我因為長年打鬥，反射神經很靈敏。

我大喊：「哇！」同時閃過鐵鎚，然後一把抓住小女孩的手腕。鐵鎚飛了出去，滑過人行道。

小女孩奮力掙扎。她的年紀應該不到七歲。

「怪物不要再來了！」她一邊尖叫、一邊踢我的腿。「走開！」

「沒事了！」我努力要抓住她，但那就像要抓住一隻野貓一樣。

泰麗雅太過驚嚇而動彈不得，她還緊緊握著長槍和盾牌。

「泰麗雅，」我說：「把盾牌收起來！你嚇到她了！」

泰麗雅終於動了。她碰了一下盾牌，它立刻縮成手鍊，接著她放下長槍。

「嗨，小女孩，」她說，我從沒聽過她如此輕柔地說話。「沒事啦。我們不會傷害你。我叫泰麗雅，他是路克。」

「怪物！」她嚎啕大哭。

「不是。」我向她保證。可憐的女孩不再那麼奮力掙扎，但她還是發狂般地顫抖，畏懼我們。「不過我們知道怪物的事，」我說：「我們也和牠們對抗。」

我抓著她，不過現在比較像在安撫，而不是在控制她。漸漸地，她不再踢了。她似乎很冷。她穿著法蘭絨睡衣，身體骨瘦如柴。我不禁在想，這小女孩已經有多久沒吃東西了，她甚至比我當年逃家時的年紀還小。

雖然她還是很害怕，卻用一雙大眼睛看著我；她的眼睛是令人讚嘆的灰色，漂亮而聰慧。混血人，毫無疑問。我感覺得到她很有力量，或者說她會變得很有力量，如果她能活下去的話。

「你們和我一樣嗎？」她問，語氣依然充滿懷疑，但聽起來已經帶有一點希望。

「對，」我保證，「我們是……」我猶豫了，不確定她是否知道自己的身分，或聽說過「混血人」這個詞。我不想讓她再受驚嚇。「唉，很難解釋，但我們打擊怪物。你的家人呢？」

小女孩的表情變得堅忍而憤怒，她的下巴在顫抖。「我的家人討厭我。他們不要我，所以我跑走了。」

我感覺自己的心碎成一片片。她的聲音聽起來好痛苦，一種熟悉的痛苦。我看著泰麗雅，我們當下默默做了決定。我們會照顧這個孩子。在發生了哈爾席恩．格林那件事之後……這似乎是命運。我們看著一個混血人為我們而死，現在碰到這個小女孩，這就像是第二次機會。

泰麗雅在我旁邊蹲下來，把手放在小女孩的肩膀上。「你叫什麼名字，小朋友？」

「安娜貝斯。」

我忍不住微笑。我從來沒聽過這個名字，可是很美，而且似乎很適合她。「名字很好聽，」我告訴她，「安娜貝斯，告訴你吧，你很厲害，我們需要像你這樣的戰士。」

她睜大眼睛。「是嗎？」

「喔，沒錯。」我熱切地說。這時我突然閃過一個念頭，伸手去拿哈爾的匕首，把它從我皮帶上拔出來。哈爾曾經說過，它會保護主人。他是從他救了一命的小女孩那裡得到這把匕首，現在命運讓我們有機會拯救另一個小女孩。

「你想要擁有真正能殺死怪物的武器嗎？」我問她，「這是神界青銅做的，比鐵鎚更好用。」

安娜貝斯接過匕首，驚訝地研究著它。我知道……她最多不過七歲。給她武器的我到底在想什麼？但她是混血人，我們必須保衛自己。海克力士勒死兩條蛇時，還只是搖籃裡的嬰兒。我在九歲之前，已經為了保命和敵人交手了十幾次。安娜貝斯會用到武器的。

「短刀只適合最勇敢、動作最敏捷的戰士。」我告訴她。我想起哈爾，還有他如何為了救我們而犧牲性命，不禁哽咽。「短刀沒有劍那種攻擊範圍和力道，但容易藏在身上，也能找到敵人盔甲的弱點。只有聰明的戰士才知道如何用刀。我覺得你很聰明。」

安娜貝斯對我露出笑容，那一刻，我所有的問題似乎都消失了。我感覺自己做對了一件事。我暗自發誓，絕不會讓這女孩受到傷害。

「我很聰明！」她說。

泰麗雅笑了，伸手撥撥安娜貝斯的頭髮。就這樣，我們有了新同伴。

「安娜貝斯，我們最好快點走。」泰麗雅說：「我們在詹姆斯河畔有一間安全的小屋。我們會替你找些衣服和食物。」

安娜貝斯的笑容裡有著猶豫。有那麼一刻，她的眼睛裡又出現那狂野的神情。「你們……不會把我送回家吧？你們保證不會嗎？」

我強忍住哽咽。安娜貝斯年紀這麼小，卻已經狠狠學到教訓，就像泰麗雅和我一樣。我們的父母都讓我們失望。天神既無情、殘忍又冷漠。混血人只剩下彼此了。

我把手放在安娜貝斯的肩膀上。「你現在是我們這個家的一份子了，我保證不會像我們的親人那樣讓你失望。一言為定？」

「一言為定！」她開心地說，並緊緊抓住她的新匕首。

泰麗雅拾起她的長槍，贊同地對我笑一笑。「好了，快點走吧。我們不能在這裡待太久！」

❖

所以現在我正一邊守衛，一邊寫著哈爾席恩．格林的日記——現在是我的日記了。

我們在里奇蒙南方的樹林紮營，明天會推進到詹姆斯河，並補足我們的生活用品。之後呢……我不知道。我一直想起哈爾的預言。一種不祥的感覺重壓在我胸口。我的未來會有不好的事。或許那會發生在很久以後，但那感覺就像地平線遠端的暴風雨，讓空氣無限沉重。我只希望我還有力量照顧我的朋友。

看著泰麗雅和安娜貝斯在火堆旁沉睡，我很訝異她們臉上的表情是如此平靜。如果我要當這個小團體的「老爸」，我就得值得她們的信賴。說到父親，我們每個人的運氣都不好。我必須表現得比那更好才行。雖然我只有十四歲，可是那不能當做藉口，我必須保護我這個新家庭。

我看向北方，想像著到我媽在康乃迪克州威斯波特的家要花多久時間。我想知道我媽現在正在做什麼。我離家出走時，她的精神狀態是這麼糟……

但我不能因為離開她而感到愧疚。我必須走。如果能見到我爸，我們必須就這件事好好談談。

至於現在，我必須日復一日想辦法活下去。以後只要我有機會，就會寫這本日記，不過我懷疑有誰會讀它。

泰麗雅在翻身了，接下來換她守衛。哇，我的手好痛，一輩子沒寫過這麼多字。我最好來睡個覺，希望一夜無夢。

路克·凱司特倫，現在結束記錄。

哈爾家的重重危機

希臘天神和羅馬天神

你擁有關於希臘與羅馬天神的豐富知識嗎？讓它們引導你找到祕密訊息！

下頁的名單列出了希臘與羅馬天神的名字。你的挑戰就是：根據第七十八頁表格中的描述，填入正確的希臘與羅馬名字。

完成之後，在七十七頁最底下那排代表希臘天神的數字上方空格裡，填入相對應的羅馬天神代表字母，這樣就能揭開神祕的訊息了！（答案請見第七十九頁。）

希臘天神	羅馬天神
1. 赫菲斯托斯	A. 朱比特
2. 克羅諾斯	B. 方諾士
3. 阿芙蘿黛蒂	C. 兀兒肯
4. 波塞頓	D. 茱諾
5. 荷米斯	E. 席瑞絲
6. 宙斯	F. 巴克斯
7. 狄蜜特	G. 維納斯
8. 阿瑞斯	H. 阿波羅
9. 希拉	I. 摩丘力
10. 蓋婭	J. 阿卡斯
11. 潘	K. 傑納斯
12. 戴歐尼修斯	L. 涅普頓
13. 黑帝斯	M. 泰拉
14. 阿波羅	N. 馬爾斯
15. 伊麗絲	O. 普魯托
16. 黑卡蒂	P. 崔維亞

路克、泰麗雅和安娜貝斯把哪裡當成他們的家？

□	□	□	□		□	□	□	□	－	□	□	□	□	□
1	6	10	16		14	6	4	12		11	4	13	13	9

希臘天神	特色	羅馬天神
	愛與美的守護神。	
	音樂、預言、醫藥、詩歌（最愛俳句），以及智慧探求之神。	
	對暴力的愛好讓這位戰神成為可怕的復仇者。	
	宙斯的姊姊，一般公認是她教導人類農作。	
	熱愛狂歡的酒神，但脾氣有點暴躁。在羅馬神話中較規矩，也較好戰。	
	誕生於混沌，這位「大地之母」是奧林帕斯眾神的母親。	
	三大神之一，是財富與死亡之神、冥界之王。	
	泰坦巨神的女兒，經常被視為魔法的守護神。	
	火神與工藝的守護神；他的鐵工廠與地震和火山有關。	
	宙斯的妻子，也是眾神之后，是一位擁有強大力量的女神。	
	他四處旅行，是道路、速度、使者、商業、旅行、偷竊、商業和郵遞之神。	
	熱愛彩虹，一直在幫天神、混血人甚至泰坦巨神傳遞訊息。	
	這兩位天神都代表時間的推移。希臘神話裡是以老年形象出現，羅馬神話中則是門神以及起始與結束之神。	
	名單中唯一長角的神（他是羊男），是荒野的守護神、牲畜的保護者。	
	海洋、地震、河湖與馬的守護神，也是波西·傑克森的爸爸！	
	強大又驕傲，是天神之王，常讓人與法律、正義、道德聯想在一起。	

（解答請見第 80 頁）

神祕訊息解答

（題目請見第 76、77 頁）

路克、泰麗雅和安娜貝斯把哪裡當成他們的家？

C	A	M	P		H	A	L	F	–	B	L	O	O	D
1	6	10	16		14	6	4	12		11	4	13	13	9

（混血營）

解答

希臘天神	特色	羅馬天神
3. 阿芙蘿黛蒂	愛與美的守護神。	G. 維納斯
14. 阿波羅	音樂、預言、醫藥、詩歌（最愛俳句），以及智慧探求之神。	H. 阿波羅
8. 阿瑞斯	對暴力的愛好讓這位戰神成為可怕的復仇者。	N. 馬爾斯
7. 狄蜜特	宙斯的姊姊，一般公認是她教導人類農作。	E. 席瑞絲
12. 戴歐尼修斯	熱愛狂歡的酒神，但脾氣有點暴躁。在羅馬神話中較規矩，也較好戰。	F. 巴克斯
10. 蓋婭	誕生於混沌，這位「大地之母」是奧林帕斯眾神的母親。	M. 泰拉
13. 黑帝斯	三大神之一，是財富與死亡之神、冥界之王。	O. 普魯托
16. 黑卡蒂	泰坦巨神的女兒，經常被視為魔法的守護神。	P. 崔維亞
1. 赫菲斯托斯	火神與工藝的守護神；他的鐵工廠與地震和火山有關。	C. 兀兒肯
9. 希拉	宙斯的妻子，也是眾神之后，是一位擁有強大力量的女神。	D. 茱諾
5. 荷米斯	他四處旅行，是道路、速度、使者、商業、旅行、偷竊、商業和郵遞之神。	I. 摩丘力
15. 伊麗絲	熱愛彩虹，一直在幫天神、混血人甚至泰坦巨神傳遞訊息。	J. 阿卡斯
2. 克羅諾斯	這兩位天神都代表時間的推移。希臘神話裡是以老年形象出現，羅馬神話中則是門神以及起始與結束之神。	K. 傑納斯
11. 潘	名單中唯一長角的神（他是羊男），是荒野的守護神、牲畜的保護者。	B. 方諾土
4. 波塞頓	海洋、地震、河湖與馬的守護神，也是波西．傑克森的爸爸！	L. 涅普頓
6. 宙斯	強大又驕傲，是天神之王，常讓人與法律、正義、道德聯想在一起。	A. 朱比特

波西・傑克森與荷米斯的權杖

安娜貝斯與我正在中央公園大草坪上休息，這時她突然問我一個問題。

「你忘記了，對不對？」

我立刻進入紅色警戒模式；當你剛成為某人的男朋友是很容易驚慌的。當然，與安娜貝斯對抗怪物好幾年了，我們曾一起面對天神的憤怒，曾與泰坦巨神戰鬥，並且冷靜地面對過死亡十幾次。但此刻我們在約會，她只要眉頭一皺，我就嚇壞了。我是哪裡做錯了呢？

我在心裡檢查野餐清單：舒適的毯子？有了。安娜貝斯最愛的披薩並多加了橄欖？有了。巧克力之家的巧克力太妃糖？有了。檸檬口味的冰涼汽水？有了。預防希臘神話啟示突然出現的武器？有了。

那我到底忘了什麼？

我想過（有那麼一刻）要隨便矇混過去，但

有兩件事阻止了我。首先，我不想對安娜貝斯說謊；其次，她太聰明了，會立刻看穿我。

於是我做了自己最擅長的事。我茫然地看著她，然後裝傻。

安娜貝斯翻了個白眼。「波西，今天是九月十八日，就在一個月前發生了什麼事？」

「我的生日。」我說。

這是真的：八月十八日。但從安娜貝斯的表情判斷，這不是她要的答案。

安娜貝斯今天看起來很美，這讓我更不能專心了。她穿著平常會穿的橘色混血營T恤和短褲，陽光下曬成棕色的手臂和腿似乎在發光，金色長髮披在肩上。她的脖子上掛著一條皮繩，上頭的彩色珠子來自我們的混血人訓練營——混血營。她那風暴般灰色的眼睛還是和以前一樣令人迷惑，我只希望她眼裡那股凶狠不是針對我。

我努力思考著。一個月前，我們打敗了泰坦巨神克羅諾斯。她指的是這個嗎？這時安娜貝斯直接挑明了重點。

「我們的初吻啦，海藻腦袋，」她說：「今天是滿月紀念日。」

「喔……對！」我心想，有人在慶祝這種事嗎？我必須記住生日、假日和所有紀念日？

我擠出笑容。「所以我們才會有這麼棒的野餐，對吧？」

她盤起腿來。「波西……我喜歡野餐。真的。但你答應過今天晚上要帶我去吃頓特別的晚餐。記得嗎？我並不是一定要怎麼樣，不過你說你已經計畫好了，所以……？」

我可以聽出她聲音裡的期盼，可是也很疑惑。她在等我承認一件很明顯的事：我忘了。我完蛋了，我是無可救藥的男朋友。

不能因為我忘了，就認為我不在乎安娜貝斯吧。說真的，上個月和她一起的時光真是精采。我是有史以來最幸運的混血人。但特別的晚餐……我什麼時候提過這件事？或許是在安娜貝斯吻我之後讓我有點陷入迷霧之中，於是就說了這件事；也或許是某個希臘天神惡作劇，喬裝成我答應她這件事；又或者，我就是個爛透了的男朋友。

該招供了。我清清喉嚨。「那個……」

這時突然一道光線讓我眨了眼，就像有人拿鏡子反射光線到我臉上。我左右張望，看見一輛褐色快遞貨車停在車輛禁入的大草坪中央。車子側面有字：

何米期央虎

等等……抱歉，我有閱讀障礙。我瞇著眼睛，猜測正確字眼應該是：

荷米斯快遞

「喔，這下可好，」我低聲說：「給我們的郵件。」

「什麼？」安娜貝斯問。

我指向貨車，司機正好下車。他穿著褐色襯衫制服、及膝短褲，以及很有型的黑色襪子和釘鞋，黑白斑雜的鬈髮從頭頂的褐色帽沿露了出來。他看起來像是三十幾歲的男子，但根據我的經驗所知，他其實已經五千五百多歲了。

荷米斯。天神的信差，個人私下的好友，冒險任務的分配者，並且是經常造成偏頭痛的原因。

他看起來心神不寧，一直拍著自己的口袋、扭著自己的手，他要不是掉了什麼重要的東西，就是在奧林帕斯山的星巴克喝了太多濃縮咖啡。終於，他看到我了，招手要我過去。過來這裡！

這可能有好幾種意思。如果他是親自送來天神的訊息，那是壞消息；如果他是要從我身上拿到什麼東西，那也是壞消息。不過，看在他讓我不用對安娜貝斯解釋的份上，我鬆了一口氣，就不計較了。

「真掃興。」我假裝很遺憾，彷彿我那份牛排被人從烤肉架上拿走了。「我們最好去看看他要什麼。」

❖

你要怎麼歡迎天神？如果有一本那樣的禮儀指南，我顯然還沒看過。我一直不確定應該握手、跪下，還是鞠躬並大喊：「我們不配！」

奧林帕斯的天神裡，我比較了解荷米斯。過去幾年，他幫助過我好幾次。不幸的是，去年夏天，我在一場為了世界命運的殊死戰中，和他被泰坦巨神克羅諾斯帶壞的混血人兒子路克交手過。路克的死不全然是我的錯，但這還是阻礙了我和荷米斯的關係。

我決定先從簡單的開始。「嗨。」

荷米斯掃視公園，好像很怕被人看見。我不確定他為什麼如此困擾，天神在凡人眼裡通常是隱形的，大草坪上沒有任何人注意到這輛快遞貨車。

荷米斯看了安娜貝斯一眼，又看看我。「我不知道那個女孩會在這裡。她必須發誓要守口如瓶。」

安娜貝斯雙手抱在胸前。「那個女孩聽得到你說話啦。要我發誓之前，你總得告訴我們發生什麼事。」

我想我從未看過天神的表情如此緊張。荷米斯把一撮灰鬈髮塞到耳後，再次拍拍自己的口袋，似乎手足無措。

他往前靠，然後降低音量。「我是說真的，女孩。如果傳到雅典娜耳裡，她一定會不斷取笑我。她早就覺得她比我聰明多了。」

「她是啊。」安娜貝斯說。當然，她有偏見，雅典娜是她媽媽。

荷米斯瞪著她。「答應我。在我解釋問題之前，你們兩個必須保證要保守祕密。」

突然間，我靈光一閃。「你的權杖呢？」

荷米斯的眼睛抽動，看起來快哭了。

「喔，老天，」安娜貝斯說：「你弄丟了權杖？」

「我沒有弄丟！」荷米斯怒氣沖沖地說：「它被偷了！女孩，我並沒要你幫忙！」

「那好啊，」她說：「你自己解決。來吧，波西，我們走。」

荷米斯吼了一聲。我意識到我或許得阻止一個不死天神和女友之間的爭吵，而我並不想選邊站。

補充一點背景小知識：安娜貝斯以前常和荷米斯的兒子路克一起冒險。隨著時間過去，安娜貝斯慢慢迷戀上路克。等到她年紀大一點，路克也開始對她有感覺。後來路克變壞了，荷米斯責怪安娜貝斯沒有阻止路克變壞。安娜貝斯怪荷米斯是個爛爸爸，而且根本是他讓路克有能力做壞事。路克後來死於戰爭，荷米斯和安娜貝斯把責任歸咎到彼此身上。

覺得霧煞煞嗎？歡迎來到我的世界。

無論如何，我想如果這兩人開戰，事情會一發不可收拾，所以我只好冒險介入。「安娜貝斯，我跟你說，這件事聽起來很重要。讓我先聽他把話說完，然後我再到野餐毯那邊跟你會合，好嗎？」

我對她微笑，希望傳達的訊息像這樣：嘿，你知道我是站在你這邊的。天神都是混蛋！但你能怎麼辦呢？

不過，或許我的表情實際上傳達的是這樣：這不是我的錯！請不要殺我！

趁她還來不及抗議或造成我身體上的傷害之前，我抓起荷米斯的手臂。

「我們進去你的辦公室吧。」

荷米斯和我坐在快遞貨車後面的幾個箱子上，上頭標示著「有毒蛇類，此面朝上」。或許這不是最適合坐下來的地方，但總比其他標示著「炸藥，勿坐」以及「龍蛋，勿儲存於炸藥旁」的貨物來得好。

「到底發生了什麼事？」我問他。

荷米斯一屁股坐在快遞箱子上，瞪著自己空著的雙手。「我只是把牠們放在旁邊一分鐘而已。」

「牠們……」我說：「喔，喬治和瑪莎嗎？」

荷米斯沮喪地點頭。

喬治和瑪莎是兩條繞在他手杖上的蛇，那是代表他力量的權杖。你或許在醫院看過雙蛇杖的圖片，因為它通常被當做醫生的象徵。（安娜貝斯會辯說，這整件事是個誤解。那應該是醫藥之神阿斯克勒庇俄斯的權杖，什麼什麼的。但，總之就是這樣。）

我滿喜歡喬治和瑪莎的，我覺得荷米斯也是，雖然他經常和牠們吵架。

「我犯了愚蠢的錯誤。」他低聲說：「有一件快遞我逾時了。我在洛克斐勒中心停下來，要送一箱門墊給傑納斯。」

「傑納斯，」我說：「那個雙面的傢伙，門神。」

「對，對。他在那裡工作，聯播電視網。」

「不會吧？」我上一次看到傑納斯是在致命的魔法迷宮裡，那次的經驗可不是太愉快。

荷米斯翻了一下白眼。「你最近一定看過聯播電視網的節目吧，很明顯他們不知道該怎麼做。這是因為負責節目的是傑納斯，他喜歡買新節目，又在播出兩集之後停播。畢竟，他是開始與結束之神。總之，我要帶給他一些魔法門墊，而我併排停車……」

「你還得擔心併排停車？」

「可以讓我說完嗎？」

「抱歉。」

「所以我就把雙蛇杖放在儀表板上，帶著箱子跑進去。然後我想到得讓傑納斯簽收，於是我又跑回貨車……」

「雙蛇杖不見了。」

荷米斯點頭。「如果那個醜陋的畜生傷害我的蛇，我以冥河之名發誓……」

「等等。你知道誰拿走權杖？」

荷米斯哼了一聲。「當然囉。我檢查了那個區域的監視錄影，我和風精靈談過，竊賊很明顯是卡科斯❷。」

「卡科斯。」經過多年練習，只要有人丟出我不知道的希臘名字，我就裝傻。這是我的技巧。安娜貝斯一直要我讀點希臘神話的書，但我看不出有這必要。聽別人解釋要輕鬆多了。

「好老弟卡科斯，」我說：「我應該知道那是誰……」

「喔，他是個巨人，」荷米斯輕蔑地說：「小巨人，不是大巨人。」

「小巨人。」

「對，可能只有三公尺高。」

「這樣的話，的確很小。」我同意。

「他是有名的竊賊，曾偷過阿波羅的牛。」

「我還以為是你偷走阿波羅的牛咧。」

❷卡科斯（Cacus）是會噴火的巨人，火神赫菲斯托斯的兒子，最後被大力士海克力士所打敗。

「喔，沒錯。那確實是我先做的，而且手法比他有格調多了。不管怎樣，卡科斯總是在偷天神的東西。實在很討厭。他以前都藏匿在卡匹托爾山上的洞穴裡，那裡是羅馬創建的地方。現在他則躲在曼哈頓，在地底下的某個地方，我很確定。」

我深吸了一口氣。我知道那是什麼地方。「現在你要解釋一下，為什麼你這樣一位具有超級神力的天神不能親自拿回權杖？還有為什麼需要像我這樣一個十六歲的孩子幫你做這件事？」

荷米斯側著頭。「波西，這聽起來幾乎像是在諷刺。你很清楚天神不能四處跑去打爆人的頭，並掀開凡人的城市，只為了尋找自己的失物。如果我們這樣做，每次阿芙蘿黛蒂弄丟梳子，紐約就會被摧毀；相信我，這種情形常常發生，所以我們需要這類跑腿的英雄。」

「嗯哼。而且如果你親自去找權杖，可能有點尷尬。」

荷米斯噘起嘴。「好啦。沒錯。其他天神一定會注意到。我，偷竊之神，被人偷走了東西。而且好死不死，我的雙蛇杖是我力量的象徵呀！我一定會被嘲笑好幾個世紀。這太可怕了。我必須在自己成為奧林帕斯的笑柄之前，快速且偷偷地解決這個問題。」

「所以……你要我去找巨人，拿回你的雙蛇杖並還給你，偷偷地。」

荷米斯露出微笑。「多棒的提議啊！謝謝你。而且我要在今天下午五點前拿到，這樣才能完成快遞任務。雙蛇杖可當成我的簽名板、衛星定位系統、手機、停車證、iPod Shuffle，真的，沒有它我什麼事也做不了。」

「五點前。」我沒有手錶，但很確定現在至少已經下午一點了。「卡科斯在哪裡，你可以說得更清楚一點嗎？」

荷米斯聳聳肩。「我相信你可以想到辦法的。我只有一個警告：卡科斯會噴火喔。」

「可想而知。」我說。

「還有，務必留意雙蛇杖，它只要輕輕一拍就可以把人變成石頭。我有一次不得不對一個叫做巴圖斯❸的可怕告密者出手……不過我相信你會很小心。還有，當然你會把這當成是我們之間的小祕密吧。」

他露出迷人的微笑。我大概是在想像他剛剛在威脅我，如果我把失竊事件

---

❸ 巴圖斯（Battus）是皮洛斯的牧羊人，目睹荷米斯偷了阿波羅的牛，雖然他保證會保守祕密，卻還是告訴了很多人，於是荷米斯將他變成石頭。

告訴任何人，他就會把我變成石頭。

我把嘴裡那股鋸木屑的味道吞下去。「當然。」

「那麼，你願意囉？」

一個想法閃過我腦海。對，我偶爾會有想法。

「我們互相幫忙，如何？」我建議，「我幫你解決這個困窘的狀況，你則幫忙解決我的。」

荷米斯挑起眉毛。「你有什麼想法？」

「你是旅行之神，對吧？」

「當然。」

我把想要的報償告訴他。

❖

我回去和安娜貝斯會合時，精神好多了。我約好在洛克斐勒中心和荷米斯見面，最晚不超過五點，他的快遞貨車在一個閃光之後就消失了。安娜貝斯在我們的野餐地點等著，氣呼呼地雙手抱胸。

「所以呢？」她質問我。

「好消息。」我告訴她我們要怎麼做。

她聽完沒有賞我一巴掌，不過看起來像是有這個意思。「要想辦法找到噴火巨人怎麼算是好消息？而且我為什麼要幫荷米斯啊？」

「他沒那麼壞啦，」我說：「再說，兩條無辜的蛇現在有危險。喬治和瑪莎一定嚇壞了……」

「這是精心設計的玩笑嗎？」她問我，「告訴我，這是你和荷米斯的計謀，我們其實是要去紀念日的驚喜派對。」

「嗯……那個，不是啦。不過在這之後，我保證……」

安娜貝斯舉起手來。「波西，你很可愛，也很貼心。可是拜託……別再保證什麼了。我們去找巨人吧。」

她把毯子摺起來收進背包，食物也收好。可惜……我幾乎還沒嘗到一口披薩。她唯一還留在外面的東西是盾牌。

和許多魔法物品一樣，盾牌的設計是能變成較小的物品，方便攜帶。這盾牌現在正縮成盤子大小，剛好讓我們拿來使用，很適合裝起司和餅乾。

安娜貝斯掃掉上面的碎屑，然後把盤子往空中一丟。它一邊旋轉、一邊變大，掉在草地上時已經是一個完整尺寸的青銅盾牌，擦得晶亮的表面正反射著天空。

這面盾牌在我們與泰坦巨神的戰爭中非常好用，但我不確定它現在能怎麼幫忙我們。

「這東西只能顯示空中的影像，對吧？」我問：「卡科斯應該是在地底下。」

安娜貝斯聳聳肩。「值得一試。盾牌，我要看到卡科斯。」

盾牌的青銅表面閃過一波波光芒。

然而眼前出現的不是倒影，我們正往下看著一片倉庫毀壞、道路破碎的景象，這片城市廢墟裡聳立著一座破舊的水塔。

安娜貝斯哼了一聲。「這個蠢盾牌還真幽默。」

「什麼意思？」我問。

「這是『西考科斯』，位在紐澤西州。看看水塔旁邊的牌子。」她用手指關節敲著青銅牌面。「好吧，很好笑，盾牌。現在我要看到……我是說，讓我看見噴火巨人卡科斯的位置。」

影像變換了。

這次我看到熟悉的部分曼哈頓，有翻新過的倉庫、鋪磚的街道、玻璃帷幕飯店，還有已經變成公園、有樹有野花的架高鐵軌。我記得幾年前剛開放的時候，我媽媽和繼父帶我去過那裡。

「那是高線公園。」我說：「在肉品加工區。」

「對。」安娜貝斯同意說：「但巨人在哪裡？」

她專心地皺起眉頭。盾牌將畫面放大到一個由橘色路障與繞道標示隔開的十字路口。建築工地的設備被人閒置在高線公園的陰影下方。有人在街道上鑿出一個方形大洞，四周用警方的黃色帶子隔離起來。蒸氣從坑洞裡翻湧而出。

我抓著頭。「警方為什麼要封鎖街上的一個大洞？」

「我記得這個，」安娜貝斯說：「昨天的新聞有播。」

「我不看新聞的。」

「一位建築工人受傷。地面下發生了奇怪的意外。他們在挖掘一項新公共設施隧道之類的，結果噴出火來。」

「火，」我說：「這樣的話，或許是噴火巨人？」

「有可能。」她同意。「凡人不會了解發生了什麼事。迷霧會讓他們看不清真相。他們會以為，巨人就像是……嗯，瓦斯爆炸或什麼的。」

「我們去攔一輛計程車。」

安娜貝斯依依不捨地凝視著大草坪。「幾星期以來第一次出現大晴天，結果我的男朋友卻要帶我去危險的洞穴和噴火巨人戰鬥。」

「你好棒！」我說。

「是啦。」安娜貝斯說：「你最好是想好了晚餐要吃什麼好料。」

❖

我們要計程車司機在西十五街停車。街上很熱鬧，不但有街頭小販，還有工人、購物人潮及觀光客。這個叫肉品加工區的地方為什麼會突然變成逛街的熱門景點，我並不清楚，但這就是紐約很酷的地方，它總是在改變。很明顯，連怪物都想待在這裡。

我們往建築工地走去。兩位警官站在十字路口，不過他們並沒有注意到我們，我們走上人行道，又原路折回來，然後彎低身子躲在路障後面。

街上的大洞約有車庫門這麼大。洞口上方架著管狀鷹架及某種絞盤系統，洞穴旁邊則固定著金屬爬梯，一路往下延伸。

「有什麼想法嗎？」我問安娜貝斯。

我覺得我應該問。身為智慧與策略女神的女兒，安娜貝斯喜歡擬訂計畫。

「我們往下爬，」她說：「我們找到巨人，把雙蛇杖拿回來。」

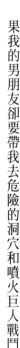

「哇，」我說：「有智慧又有謀略啊。」

「閉嘴。」

我們翻過路障，壓低身子閃過警方的封鎖帶，然後爬下洞穴。我小心翼翼地緊盯著警察，但他們並沒有轉身。在紐約市十字路口的中央偷偷爬進冒著蒸氣的危險洞穴，竟然這麼容易！

我們往下降，一直往下降。

梯子似乎一直往下，沒有盡頭。我們頭頂那一小方塊日光變得愈來愈小，最後只剩下郵票大小。我再也聽不到城市裡車輛來往的聲音，只聽到滴水的回聲。每六公尺左右，梯子旁邊就會出現閃爍的微弱燈光，但往下爬還是讓人感覺心情沮喪、毛骨悚然。

我隱約感覺到身後的坑道空間慢慢變得開闊，但我還是專注在爬梯，以免一不小心踩到安娜貝斯的手，因為她爬在我下面。等到我聽見安娜貝斯的腳發出濺水聲，這才意識到我們已經爬到底了。

「神聖的赫菲斯托斯，」她說：「波西，你看。」

我在她身邊落地，腳底下是一灘淺淺的淤泥。我轉身，發現我們正站在一個工廠大小的洞穴裡。坑道就像窄窄的煙囪一樣直通到這裡。石牆上滿布著老舊的纜線、水管以及砌牆的線條，也許這是老舊建築物的地基。破掉的水管可能是以前的汙水管線，正沿著牆汩汩地流著水，以至於地面泥濘不堪。我可不想知道水裡面有些什麼。

在微弱的光線下，這洞穴看起來像是建築工地和跳蚤市場的混合體。四散在洞穴裡的是板條箱、工具箱、疊了好幾層的木材以及一堆鋼管，甚至還有一輛推土機半埋在泥地裡。

更怪的是，有好幾輛舊車不曉得被人用什麼方法從地面搬到這裡，每輛車裡都塞滿了行李箱和一堆錢包。好幾個架子的衣服被隨意地四處亂丟，就好像有人剛清空了百貨公司一樣。最糟的是，不鏽鋼鷹架上有一排肉鉤，上面掛的都是牛的屍體，皮已經剝掉，內臟也取出來了，正準備分割。從氣味和四處飛的蒼蠅判斷，這些肉不是很新鮮。要不是因為我超愛起司漢堡，這一幕景象足以讓我變成素食者。

沒有巨人的跡象。我希望他不在家。這時安娜貝斯指著洞穴的深處。「或許在那邊。」

有個直徑六公尺的坑道一路通往黑暗深處，坑道很圓，就像是龐大的巨蛇弄出來的一樣。喔……這是個不好的念頭。

我並不想走到洞穴的另一端，特別是要穿過這個由重機械和牛屍組成的跳蚤市場。

「所有這些東西是怎麼弄下來的？」我覺得有必要放低音量，但我的話還是有了回音。

安娜貝斯掃視全場，顯然她不喜歡眼前的事物。「他們一定是先把推土機拆解之後放下來，然後在下面重新組合。」她篤定地說：「我想很久以前挖地鐵就是用這種方法。」

「其他舊東西又是怎樣？」我問：「汽車和……嗯，肉品？」

她皺起眉頭。「有些看起來像街頭小販賣的商品。那些錢包和外套……巨人一定是為了什麼原因才把它們弄下來。」她指向那輛推土機。「那東西看起來好像經歷過戰鬥。」

我的眼睛已經適應微弱光線，看了一眼推土機就明瞭她的意思。那輛機器的履帶已經破損，駕駛座燒焦而碎裂，推土機前方的大鏟也已經凹陷，就好像撞到了什麼東西……或是遭到重擊。

洞穴裡靜得讓人毛骨悚然。抬頭看著我們頭頂上那一小塊日光，我感到一陣眩暈。曼哈頓的地底下怎麼可能有這麼大的洞穴，卻沒有任何街道坍塌或是哈德遜河的水流灌進來？我們一定是在海平面以下幾十公尺了。

不過真正讓我心神不寧的，是洞穴另一端的坑道。並不是說我可以像我的羊男朋友格羅佛那樣聞到怪物的氣味，但突然間我了解到為什麼他討厭來到地底下。這裡讓人覺得很壓迫而且危險。混血人不屬於這裡。有什麼東西正在坑道那頭等待著。

我看了一眼安娜貝斯，希望她已經有了好主意，例如逃走。然而，她開始走向推土機。

我們一走到洞穴中間，遠方坑洞就傳來呻吟的回音。我們立刻壓低身子躲到推土機後面，這時巨人從黑暗中現身，伸展著他那粗大的手臂。

「早餐。」他聲音低沉地說。

現在我可以清楚地看見他，但我真希望自己沒看見。

他有多醜呢？這麼說吧，紐澤西州的西考科斯要比巨人卡科斯好看太多了，而這對任何人來說都不會是讚美。

就像荷米斯說的，巨人身高三公尺左右，和我見過的其他巨人相比，他顯然比較矮小。但卡科斯藉著俗豔的外表來補強身高，他有一頭橘色鬈髮、蒼白的皮膚和橘色雀斑。更糟的是他總是噘著嘴、鼻孔朝天、眼睛圓睜以及眉毛高揚，因此他的表情看起來是既驚嚇又不愉快。他穿著紅色天鵝絨家居服，搭配同色脫鞋。家居服敞開著，露出了情人節圖案的絲質四角內褲，以及自然界所沒有的紅、粉紅、橘色相間的繽紛胸毛。

安娜貝斯發出小聲的作嘔聲音。「是個紅髮巨人。」

不幸地，巨人的聽力好的不得了。他皺起眉頭，掃視洞穴，然後一直盯著我們躲藏的地方。

「誰在那裡？」他怒吼：「有人……躲在推土機後面。」

安娜貝斯和我互看一眼。她用嘴型說：「糟糕。」

「快點！」巨人說：「我不欣賞鬼鬼祟祟的舉動！快出來。」

聽起來真是很不妙。又來了，我們又要被逮了。或許巨人會好好聽我們解釋，雖然他穿著情人節圖案的四角內褲。

我拿出原子筆，拔掉筆蓋。我的青銅劍「波濤」立刻現形。安娜貝斯拿出她的神盾和匕首。看來我們的武器都不會對那個大傢伙構成威脅，但我們還是一起走了出去。

巨人笑了出來。「好呀！混血人，對吧？我在呼喚早餐，你們兩人就出現了？真是相當貼心哪。」

「我們才不是早餐。」安娜貝斯說。

「不是？」巨人伸了個懶腰。兩縷輕煙從他鼻孔冒出來。「我想，用你們搭配墨西哥薄餅、莎莎醬和蛋，嘗起來一定很美味。墨西哥煎混血人早餐。我光想就餓了。」

他從容地走到那排沾滿蒼蠅的牛屍體前。

我的胃開始扭曲，喃喃說道：「喔，他不會真的要……」

卡科斯從鉤子上抓下一條牛屍體，然後朝它噴火，炙熱的紅色火焰幾秒鐘就把肉烤熟了，但巨人的手似乎毫髮無傷。牛變得很酥脆，而且嘶嘶作響，卡科斯將他的嘴巴張到最大，然後咬了三大口就把牛吞下，連骨頭都沒剩。

「噁，」安娜貝斯虛弱地說：「他真的這樣做了。」

巨人打了個飽嗝。他把冒著蒸氣、油膩膩的手在睡衣上來回擦拭，然後對我們露出笑容。「那麼，如果你們不是早餐，那一定是顧客囉。是什麼風把你們吹來的？」

他聽起來很放鬆又友善，好像很樂意和我們說話似的。他這種姿態加上紅色天鵝絨家居服，看起來一點也不危險。只不過他有三公尺高，會噴火，而且三口就吞下一頭牛。

我向前一步。說我老派吧，但我想要讓他注意到我，而不是安娜貝斯。我想，保護女朋友不立刻被燒成灰是男生應有的禮貌。

「喔，對啊，」我說：「我們可能是顧客。你賣些什麼？」

卡科斯笑了出來。「我賣些什麼？混血人我告訴你，應有盡有呀！而且是地下街的便宜價格，你找不到比這裡更便宜的地下街了。」他用手指了洞穴一圈。「我有設計師款的手提包、義大利西裝，嗯……很明顯，還有一些建築工地設備。如果你是在找勞力士的話……」

他打開睡袍。內裡掛著一排閃閃發亮的金錶和銀錶。

安娜貝斯手指一彈。「假貨！我以前看過這類東西，所以我知道。你是從街頭小販那裡拿的，對吧？它們是仿冒設計師款的假貨。」

巨人看起來受到了侮辱。「這可不是一般的仿冒品，小姑娘，我只偷最好的東西！我是赫菲斯托斯的兒子，我一看就知道這是有品質的假貨。」

我皺起眉頭。「赫菲斯托斯的兒子？那麼你不是應該自己動手製作，而不是從別人那裡偷嗎？」

卡科斯哼了一聲。「太費工了！喔，有時候找到高品質的貨色，我會動手複製一份。不過大多數時候，去別人那裡偷要輕鬆得多。我一開始是偷牛，知道吧，在古早以前。我太愛牛了！所以我才會在肉品加工區落腳。然後我發現這裡有的不只是肉！」

他露出笑容，好像這是什麼驚人發現似的。「街頭小販、高級精品店……這是一個很棒的城市，甚至比古羅馬還棒！而且工人很好心地幫我打造了這個洞穴。」

「然後你就把他們趕跑，」安娜貝斯說：「還差點害死他們。」

卡科斯強忍著哈欠。「你們確定自己不是早餐？因為你們開始讓我覺得無聊了。如果你們不想買東西，我就要去拿莎莎醬和墨西哥薄餅……」

「我們在找特別的東西，」我打斷他的話，「要貨真價實，而且有魔法。但我想你沒有這樣的東西。」

「哈！」卡科斯拍手。「高階消費者。如果你要的我沒有現貨，我可以去偷啊，當然，價錢一定公道。」

「荷米斯的權杖，」我說：「雙蛇杖。」

這時巨人的臉變得和頭髮一樣紅。他瞇起眼睛。「我懂了，我早該知道荷米斯會派人來。你們兩個是誰？偷竊之神的孩子？」

安娜貝斯舉起匕首。「他剛剛說我是荷米斯的孩子？我要刺他的……」

「我是波西·傑克森，波塞頓的兒子。」我告訴巨人，伸手把安娜貝斯拉回來。「她是安娜貝斯·雀斯，雅典娜的女兒。我們有時候會幫助天神，都是小事啦，像是……喔，殺死泰坦巨神、拯救奧林帕斯山這類事情。或許你已經聽過這類故事了。所以關於雙蛇杖呢……在事情鬧得不愉快之前，先把它交出來會比較輕鬆點。」

我看著他的眼睛，希望自己的威脅能夠發生效用。我知道這好像很荒謬，十六歲的孩子竟然想用目光逼退噴火巨人，但我曾經和一些非常凶惡的怪物交手過。除此之外，我浸過冥河，大部分的身體攻擊都傷不了我。這些應該讓我在江湖上有些名聲，對吧？或許卡科斯聽說過我。或許他會發抖、啜泣著說：「喔，傑克森先生，我很抱歉！我太無知了！」

結果他仰頭大笑。「喔，我懂了！要嚇我是吧！不過，唉呀，唯一打敗過我的混血人是海克力士喔。」

我轉向安娜貝斯，惱怒地搖頭。「又是海克力士。他到底是怎樣？」

安娜貝斯聳聳肩。「他請了很棒的公關人員呀。」

巨人繼續吹噓。「幾世紀以來，我是義大利的夢魘！我偷走很多牛，比其他巨人都要多。媽媽們總是用我的名字來嚇唬他們的孩子，她們會說：『孩子，注意規矩，要不然卡科斯會來偷走你的牛！』」

「真嚇人。」安娜貝斯說。

巨人露出微笑。「是啊！對吧？所以你們還是放棄好了，混血人。你們永遠別想拿到雙蛇杖。我可是想好策略了！」

他舉起手，荷米斯的權杖出現在他手裡。雖然我以前看過它很多次，它還是讓我背脊發涼。天神的物品總是會散發力量。權杖是光滑的白色木頭，大約九十公分長，頂端是銀色球體，還有一雙急急拍動的鴿翅。交纏在權杖上的是兩條非常激動的活蛇。

波西！一個爬蟲類的聲音出現在我腦海裡。感謝天神！

另一個更深沉也更暴躁的蛇類聲音說：沒錯，我已經有好幾個小時沒吃東西了。

「瑪莎、喬治，」我說：「你們還好嗎？」

如果有食物可吃會好很多，喬治抱怨。這裡有一些不錯的老鼠，你可以幫我們抓幾隻嗎？

喬治，別這樣！瑪莎責罵牠。我們有更大的問題。這個巨人要把我們占為己有。

卡科斯看著我，又看向蛇。「等等……波西．傑克森，你可以和蛇講話？太棒了！叫牠們最好合作點。我是牠們的新主人，要等牠們服從命令之後，我才會餵牠們食物。」

神經！瑪莎尖叫，你跟那個紅髮怪胎說……

「等一下，」安娜貝斯打岔，「卡科斯，這兩條蛇永遠也不會聽你的。牠們只效命於荷米斯。既然你無法使用權杖，那它對你就沒有任何好處。所以把它還回來，我們就當這件事從來沒發生過。」

「好主意。」我說。

巨人咆哮說：「喔，女孩，我會搞懂權杖的力量，讓這兩條蛇合作！」

卡科斯搖晃雙蛇杖。喬治和瑪莎開始蠕動，發出嘶嘶聲，不過似乎還黏在權杖上。我知道雙蛇杖能變成各種有用的東西，像是劍、手機、方便比價的價格條碼掃瞄器。有一次，喬治還提到某種令人不安的「雷射模式」，我真不希望卡科斯弄懂這個功能。

最後，巨人挫折地發出怒吼。他把雙蛇杖砸向最近的一頭牛屍體，那塊肉立刻變成了石頭。石化作用從一頭牛屍傳到另一頭，直到架子承受不了重量而垮掉。有半打的石牛破成了碎片。

「這下可有趣了！」卡科斯眉開眼笑。

「喔哦。」安娜貝斯向後退了一步。

巨人把權杖往我們這個方向甩。「好呀！很快我就能掌握這玩意兒，變得和荷米斯一樣有力量。我以後想去哪裡就去哪裡！我會偷走任何想要的東西，製造高品質的名牌假貨，並把它們賣到全世界。我將成為旅行推銷員霸主！」

我說：「這樣就真的很邪惡了。」

「哈哈！」卡科斯以勝利之姿舉起雙蛇杖。「我之前懷疑過，但現在我很有把握。偷這東西真是好主意！現在看我怎麼用它來殺死你們。」

「等等！」安娜貝斯說：「你是說，偷走權杖不是你的主意？」

「殺死他們！」卡科斯對雙蛇發出命令。他把雙蛇杖指向我們，然而銀色的杖頂只是吐出紙條。安娜貝斯撿起來，看了一眼。

「你想用折價券殺死我們？」她大聲唸出來，「鋼琴課只要一點五折。」

「混帳！」卡科斯生氣地瞪著蛇，然後對著牠們的頭頂噴出一道憤怒的警告火焰。「服從我的命令！」

喬治和瑪莎驚慌地扭動身體。

住手！瑪莎哭喊。

我們是冷血動物！喬治抗議。火對我們不好啦！

「嘿，卡科斯！」我大喊，想要轉移他的注意力。「回答我們的問題，是誰叫你去偷權杖的？」

巨人發出冷笑。「愚蠢的混血人。你們打敗克羅諾斯時，真的以為已經消滅天神的所有敵人了嗎？你們只是稍微延緩奧林帕斯的垮台而已。沒有了權杖，荷米斯就不能傳遞訊息。奧林帕斯的通訊網絡會因此而中斷，而這只是我朋友策畫的騷亂當中第一個小意思而已。」

「你朋友？」安娜貝斯問。

卡科斯不理會這個問題。「這不重要。你們不會活那麼久的，而且我只是為了錢才加入。有了這支權杖，我就能賺個幾百萬，甚至好幾億！現在，站好不要動。或許你們這兩座混血人雕像能賣個好價錢。」

我不喜歡這樣的威脅。幾年前我和梅杜莎戰鬥時就已經受夠了。我不願意和這傢伙打，但我也知道不能就這樣讓喬治和瑪莎任他擺布。再說，這世界已經有太多推銷員了。沒有人活該去應門，卻發現噴火巨人拿著魔法權杖和一系列仿冒勞力士錶站在門外。

我看著安娜貝斯。「該打了嗎？」

她對著我甜甜一笑。「整個早上你這句話說得最漂亮。」

❖

你可能會想：等等，你們沒想什麼計畫就這樣衝過去？

可是安娜貝斯和我已經一起戰鬥了好多年，我們知道彼此的能耐，能預測對方的動作。我當她的男朋友或許有點笨拙又緊張，但和她並肩作戰？那再自然不過了。

嗯……這樣聽起來好像不太對。喔，管他的。

安娜貝斯轉向巨人的左邊，我則直直朝他衝去。我的劍還沒打到他，卡科斯就張開大嘴，噴出火來。

我最新的驚人發現是，火焰的氣息是燙的。

我奮力跳向旁邊，但我感覺得到手臂開始變熱，衣服著火。我滾到泥地把火弄熄，因此撞倒了一整架的女用外套。

巨人發出怒吼。「看看你做的好事！那些可是上等的仿冒普拉達呀！」

安娜貝斯趁著巨人分心的時候發動攻擊。她從背後衝向卡科斯，然後朝他的膝蓋後方刺下去，這裡通常是怪物的絕佳弱點。卡科斯揮動雙蛇杖，安娜貝斯立刻跳開，差點就被打中。銀色杖頂猛然撞向推土機，整台機器瞬時變成了石頭。

「我要殺死你！」卡科斯跌跌撞撞，金色血液從他受傷的腿上湧出來。

他朝著安娜貝斯噴火，她閃身躲過了一團火焰。我拿著波濤劍往前衝，劍刃掃過巨人的另一隻腳。

你以為這樣就夠了，對吧？但是沒有。

卡科斯痛苦地怒吼。他以驚人的速度轉身，然後用手背砸我。我整個人往外飛，跌進一堆碎掉的石牛裡。我的視線變得模糊。安娜貝斯大喊：「波西！」但她的聲音聽起來像是在水裡。

動呀！瑪莎的聲音在我腦海裡出現。他又要攻擊了！

往左滾！喬治說，這是他提出的建議裡比較好的一個。我往左邊滾，卡科斯剛好砸向我剛剛躺著的那堆石頭。

我聽到鏗鏘一聲！巨人尖叫：「混帳！」

我顫顫巍巍地站起來。這時安娜貝斯用盾牌揮向巨人的屁股；身為被學校開除的專家，我曾經被好幾所軍校踢了出來，他們仍然相信打屁股對靈魂有益。所以我非常清楚被一大片平板物體打屁股是什麼感覺，我因同理心而夾緊了屁股。

卡科斯搖搖晃晃，但安娜貝斯還來不及再次教訓他，他已經轉身從她手中奪下盾牌。他把神界青銅像紙一樣弄皺，然後從肩膀上方往後一丟。

這樣對待魔法物品實在太過分了。

「夠了！」卡科斯用權杖指著安娜貝斯。

我還是覺得頭暈腦脹。我的脊椎感覺像是在酷拉斯水床皇宮待過一晚，不過我還是踉蹌地往前走，決心要幫助安娜貝斯。我還沒過去，雙蛇杖已經變形。它變成一支手機，並響起〈瑪卡蓮娜〉的音樂。喬治和瑪莎現在變成了蚯蚓，正纏繞著螢幕。

好歌。喬治說。

我們婚禮上的舞曲就是這一首，瑪莎說，記得嗎，親愛的？

「蠢蛇！」卡科斯粗暴地搖晃手機。

噁！瑪莎說。

救——我！喬治的聲音在發抖。得——聽——紅睡衣——的話！

手機變回了權杖。

「現在，乖一點！」卡科斯警告蛇。「要不然我就把你們這兩條蛇變成仿冒的古馳手提包！」

安娜貝斯跑到我身邊。我們一起往後退，來到梯子旁邊。

「我們的鬼抓人遊戲策略不怎麼順利。」她發表意見。她的呼吸沉重，T恤的左邊袖子正在冒煙，除此之外，看起來還好。「有什麼建議嗎？」

我還在耳鳴，她的聲音聽起來還是像從水底發出來的。

等等……「水底」。

我抬頭看著坑道，看著所有那些嵌在石頭裡的破管子，有自來水管、汙水管。身為海神的兒子，我有時可以控制水。我在想……

「我不喜歡你們！」卡科斯大喊。他鼻孔噴著煙，昂首闊步走向我們。「結束這一切的時候到了。」

「抓緊了。」我告訴安娜貝斯，然後用空著的那隻手摟住安娜貝斯的腰。

我集中精神找尋頭頂上的水。這不難。我感覺到這座城市的水管壓力已經到了危險值，於是我把所有的水全召喚到這些破掉的水管裡。

卡科斯聳立在我們眼前，嘴巴像火爐般發紅。「有什麼遺言嗎，混血人？」

「往上看。」我告訴他。

他照辦了。

給自己的小筆記：要讓曼哈頓的下水道系統爆炸時，千萬不要站在下面。

整個洞穴隆隆作響，上千個水管在我們頭頂上爆開。一道不怎麼乾淨的瀑布就這樣朝著卡科斯當頭澆下。我迅速拉開安娜貝斯，然後帶著她跳進洪流的邊緣。

「你在做什……？」她的聲音像是有人勒住她的脖子。「啊！」

我以前從未嘗試過這舉動：在大水湧進洞穴時，我集中意念讓自己就像鮭魚逆流上游一樣，從一個水流跳到另一個水流。如果你曾試過從溼的溜滑梯底部往上跑，這情況和那有點像，只不過現在的角度有九十度，而且沒有滑梯，只有水。

當幾百萬、甚至千萬加崙的髒水往卡科斯頭上猛灌時，我聽到他在遠遠的下方發出怒吼。這時安娜貝斯又是大喊、又是嗆到，一下子打我、一下子喊著我那很令人憐愛的小名，像是「白痴！又蠢——又髒的——傻瓜——」，結尾則是「殺了你！」

最後我們乘著噁心的噴泉衝出地面，在人行道上安全著陸。行人和警察往後退，驚慌地對著我們汙水版的老忠實噴泉④大喊大叫。當駕駛停下來圍觀這場混亂時，汽車發出尖銳的煞車聲，並且彼此追撞。

我集中意念讓自己保持乾燥，這是個方便好用的技巧，但我身上的味道還是很糟。安娜貝斯的頭髮上則卡著舊棉花球，一片溼的糖果紙貼在她臉上。

「這，」她說：「真是太可怕了！」

「正面一點看，」我說：「我們還活著。」

「可是沒有拿回雙蛇杖！」

我做了個鬼臉。嗯……這不重要啦。巨人可能會淹死，那麼他會像大部分被打敗的怪物那樣融解並返回塔耳塔洛斯，我們就可以去撿回雙蛇杖了。

這聽起來非常合理。

這時噴泉消失了，隨之而來的是水沿著坑道往下流掉的可怕聲音，就好像奧林帕斯山上某位天神剛沖了馬桶。

接著，在我腦海裡傳來一個遠遠的蛇類聲音。**噎死我了，**喬治說，**連我都覺得噁心，而且我還吃老鼠哩。**

最新消息！瑪莎警告。**喔，不！我想巨人已經弄清楚……**

---

❹ 老忠實噴泉（Old Faithual），位於美國黃石國家公園，每九十分鐘左右就會噴發一次，平均噴發高度為四十四公尺。

爆炸撼動了街道。一道藍光從坑道裡射出來，在玻璃帷幕商業大樓的側面刻出一道溝痕，窗戶融化，水泥蒸發。巨人從洞裡爬出來，他的天鵝絨家居服正冒著蒸氣，臉上潑滿了爛泥巴。

他看起來並不開心。雙蛇杖在他手上，現在看起來像個火箭筒，砲管上纏繞著兩條蛇，砲口發著藍光。

「呃，」安娜貝斯虛弱地問：「那是什麼？」

「那個啊，」我猜，「應該就是雷射模式。」

❖

對所有住在肉品加工區的人，我向你們道歉。因為煙霧、殘骸和混亂，害得很多人必須搬家，你們現在可能只會叫它「加工區」了。

不過，真正令人訝異的是，我們並沒有造成更多的災害。

另一道雷射光在我們左邊的街上挖出一道壕溝，安娜貝斯和我迅速逃開，一塊塊柏油像五彩紙片般紛紛落下。

卡科斯在我們身後大喊：「你們毀了我的仿冒勞力士錶！它們並不防水，你們知道嗎！因為這樣，你們受死吧！」

我們繼續跑。我希望能讓怪物遠離無辜的凡人，不過這在紐約市中心有點難辦到。街上的交通嚴重打結。行人大聲尖叫，四散奔逃。我之前看到的兩位警官已經不見蹤影，可能被人群給前推後擠帶走了。

「公園！」安娜貝斯指著高線公園的高架軌道。「如果我們能讓他離開街道地面……」

轟！雷射將附近一輛快餐車切成兩半。老闆手拿一串烤羊肉，從服務窗口跳出來。

安娜貝斯和我衝向公園樓梯。遠方有警笛響起，但我不想捲入更多警察進來；凡人的執法單位只會讓事情變得更複雜，而且透過迷霧，警察搞不好以為是安娜貝斯和我闖的禍。事情總是難以預料。

我們爬上公園，我想要弄清楚方向。在其他的情況下，我應該會愛上這片由波光粼粼的哈德遜河和附近屋頂所構成的景致。天氣很好，公園的花圃正綻放著五顏六色的花朵。

不過高線公園裡空無一人，可能因為今天是上班日，也可能是遊客很聰明，聽到爆炸聲就先逃了。

在我們底下的某個地方，卡科斯正在怒吼、咒罵著，還一邊對嚇壞的凡人說，那些稍微受潮的勞力士錶有很大的折扣。我猜他不出幾秒就會找到我們。

我掃視公園，希望能找到有用的東西，但我看到的只有長椅、走道，還有一堆植物。真希望狄蜜特的孩子在我們身邊，也許他們可以用藤蔓纏住巨人，或者把花變成忍者用的飛鏢。我是沒看過狄蜜特的孩子真的這樣做啦，不過那會很酷。

我看著安娜貝斯。「該你想個聰明的點子了。」

「我正在努力。」她在戰鬥中的樣子真美。我知道這樣說有點瘋狂，特別是我們才剛從汗水瀑布脫身之後，但她為了求生而戰鬥時，灰色的眼睛閃閃發亮。她的臉龐像女神般閃耀，相信我，我真的看過女神。混血營的珠鍊掛在她的喉嚨前面……好啦，對不起，我有點分心了。

她指著。「那裡！」

大約三十公尺外，老舊的鐵軌分岔開來，架高的月台形成了Y字形。Y字形較短的那一劃是條死路，這部分的公園還在建造中。一袋袋盆栽用土和一疊培養盆就堆放在碎石子上。鐵軌旁邊懸著一支吊臂，想必是地面上架著起重機。在我們頭頂上，起重機的吊臂掛著一個巨大的金屬爪子，可能是用來吊掛花圃用品。

突然間，我了解安娜貝斯在計畫什麼，我感覺自己像是要吞下一枚硬幣。

「不行，」我說：「太危險了。」

安娜貝斯挑起眉毛。「波西，你知道我操作夾娃娃機超厲害的。」這倒是真的。我曾帶她到科尼島的遊樂場，回家時帶了一整袋填充玩具。可是現在這隻吊臂太巨大了。

「別擔心，」她堅定地說：「我在奧林帕斯山上管理過更大的設備。」我的女朋友除了是二年級的模範生、混血人，還有……喔，對了，空閒時還擔任奧林帕斯山眾神宮殿重新設計的首席建築師。

「但是你會操作嗎？」我問。

「簡單啊。你只要引誘他到那邊，吸引他的注意，好讓我抓住他。」

「然後呢？」

她的笑容讓我很慶幸自己不是巨人。「到時候你就知道了。如果你能趁他不注意的時候拿走雙蛇杖，那就太棒了。」

「還有呢？」我問：「要不要來點薯條和飲料？」

「閉嘴啦，波西。」

「**受死吧！**」卡科斯衝上樓梯，上到高線公園。他看到我們，全身散發著令人害怕的決心，緩慢而大步地走向我們。

安娜貝斯跑了起來。她來到起重機前，跳過圍欄，沿著金屬吊臂往下爬，好像那是根樹枝一樣。然後她就從我眼前消失了。

我舉起劍面對巨人。他的紅色天鵝絨睡袍已經破破爛爛，拖鞋也掉了，一頭紅髮像一頂油膩的浴帽貼在他的頭上。他舉起發亮的火箭筒瞄準我。

「喬治，瑪莎，」我呼喊著，希望他們能聽見。「請脫離雷射模式。」

我們在努力了，親愛的！瑪莎說。

我的胃好痛，喬治說，**我想他弄傷了我的肚子**。

我沿著此路不通的鐵軌慢慢往後退，一步步靠近起重機。卡科斯跟了過來。既然他把我困住了，看起來似乎不急著殺掉我。他在六公尺外停下腳步，就在起重機鉤爪的陰影後方。我佯裝走投無路，面露驚慌。這並不難。

「那麼，」卡科斯大聲說：「有什麼遺言嗎？」

「救命啊，」我說：「唉呀，糟糕。這幾句如何？喔，對了，荷米斯當推銷員要比你厲害多了。」

「混帳！」卡科斯把雙蛇杖雷射的砲口放低。

起重機沒有動靜。即使安娜貝斯能夠發動起重機，我不知道她在下面要怎樣看見目標。我或許應該早點想到這一點。

卡科斯扣下扳機，突然間雙蛇杖開始變形。巨人試圖用信用卡刷卡機轟掉我，但機器吐出來的只是一張收據。

喔，耶！喬治在我腦裡大喊。蛇蛇得一分。

「蠢蛇杖！」卡科斯厭惡地丟掉權杖，而這正是我一直在等待的機會。我衝向前，抓住權杖，然後滾過巨人的胯下。

我站起身，我們的位置互換了。現在卡科斯背對著起重機，起重機的吊臂就在他後面，爪子正對著他頭頂。

不幸地，起重機還是沒有動靜。卡科斯仍然想殺我。

「你用那該死的汙水弄熄我的火，」他大吼：「現在又偷走我的權杖。」

「這是你用不正當手法偷來的。」我說。

「這不重要，」卡科斯把他的指節弄得嘎嘎響，「你也沒辦法使用權杖。我空手就能殺死你。」

這時起重機動了，很慢，而且幾乎沒發出聲音。我注意到吊臂的一側裝了好幾面鏡子，就好像後照鏡一樣，能導引操作者。而出現在其中一面鏡子裡的，就是安娜貝斯那雙灰眼睛。

鉤爪打開，開始下降。

我對著巨人微笑。「其實呢，卡科斯，我還有另一個祕密武器。」

巨人的眼神因為貪婪而亮了起來。「另一個武器？我要偷走它！我要複製起來，然後販賣仿冒品獲利！這個祕密武器是什麼？」

「名字是安娜貝斯，」我說：「而她是獨一無二的。」

鉤爪降下，砸到卡科斯的頭，把他打趴在地上。趁著巨人一陣暈眩，鉤爪在他胸膛兩側收攏，把他吊往空中。

「這……這是什麼？」巨人離地六公尺才恢復意識。「放我下來！」

他扭動著身體，但沒有幫助，又試著噴火，卻只咳出一些泥漿。

當巨人一邊咒罵、一邊掙扎時，安娜貝斯來回擺動吊臂，累積動力。我很擔心起重機會翻覆，但安娜貝斯控制得很好。她最後一次擺動吊臂，然後趁巨人擺盪到最高點時放開鉤爪。

「啊啊啊！」巨人飛過屋頂，飛過了切爾西碼頭，然後開始朝著哈德遜河下墜。

「喬治、瑪莎，」我說：「你們可以為我再一次變成雷射模式嗎？」

樂意之至。喬治說。

雙蛇杖變形為邪惡的高科技火箭筒。

我瞄準墜落的巨人，然後大喊：「開火！」

雙蛇杖轟出一道藍色光束，巨人霎時分解成美麗的星塵。

那個，喬治說，真是太棒了。現在我可以吃老鼠了嗎？

我很同意喬治說的，瑪莎說，有老鼠就太好了。

「你們應得的，」我說：「不過我們最好先去看一下安娜貝斯。」

她和我在樓梯碰頭，忍不住狂笑。

「是不是很驚人？」她問。

「是很驚人。」我同意。當兩個人都浸過淤泥，其實很難來個浪漫的一吻，但我們盡了最大努力。

我抬起頭再次呼吸時，我說：「老鼠。」

「老鼠？」她問。

「給蛇的，」我說：「然後……」

「糟了，」她拿出手機看了一眼時間，「快五點了。我們必須把雙蛇杖送回給荷米斯！」

❖

地面上的街道塞滿了緊急服務車輛，而且小事故不斷，我們只好利用地下鐵回去。這樣做有另一個好處，地下鐵裡有老鼠。殘忍的細節就不多說了，但我可以告訴你，喬治和瑪莎大幅減少了有害動物的問題。我們一路往北走，牠們就纏繞在雙蛇杖上，肚子鼓脹，十分滿足地打起盹來。

我們在洛克斐勒中心的阿特拉斯雕像前和荷米斯碰面。（對了，這座雕像看起來一點也不像真的阿特拉斯，不過這是另一個故事了。）

「感謝命運女神！」荷米斯大叫：「我幾乎不抱希望了。」

他拿起雙蛇杖，拍拍那兩條瞌睡蛇的頭。「好了，好了，我的朋友。你們現在回到家了。」

嘶嘶。瑪莎說。

好吃。喬治說著夢話。

荷米斯放心地嘆了口氣。「謝謝你，波西。」

安娜貝斯清了清喉嚨。

「喔，對了，」天神加了一句，「還有你，謝啦，女孩。這樣我就有時間去完成快遞任務了！不過卡科斯後來怎樣了？」

我把事情經過告訴他。當我講到卡科斯說有其他人提供他偷走雙蛇杖的想法、而且天神有其他的敵人時，荷米斯的臉色暗了下來。

「卡科斯想要切斷天神的聯絡網絡，對吧？」荷米斯陷入沉思。「這真是諷刺，如果考量到宙斯一直在威脅……」

他的聲音小了下去。

「什麼？」安娜貝斯問：「宙斯一直在威脅什麼？」

「沒事。」荷米斯說。

這明顯是個謊言，但我已經學會，天神當著你的面說謊時，最好不要質疑他。他們很可能會把你變成毛茸茸的小型哺乳類動物或盆栽。

「好的……」我說：「那麼對於卡科斯提到的其他敵人或指示他偷走你的雙蛇杖的人，你有任何線索嗎？」

荷米斯顯得煩躁不安。「喔，敵人可能多得數不清。我們天神真的有很多敵人。」

「真難以相信。」安娜貝斯說。

荷米斯點點頭。顯然他沒有注意到這是在譏諷，或者他的腦海裡在想其他事情。我有預感，巨人的警告早晚會回來糾纏我們，但顯然荷米斯現在不想對我們挑明。

天神努力擠出笑容。「無論如何，做得好，你們兩個！現在我得走了。很多地方要去……」

「還有一件小事，我的報償。」我提醒他。

安娜貝斯皺眉。「什麼報償？」

「今天是我們的滿月紀念日，」我說：「相信你一定沒有忘記。」

她張開嘴巴，又闔了起來。我並不常讓她說不出話來，我得好好享受這稀有的一刻。

「啊，對，你的報酬。」荷米斯上上下下打量我們。「我想我們必須從新衣服開始。你們不能穿著這身曼哈頓汙水裝。解決這件事，其他部分就容易了。旅行之神，很高興為你們服務。」

「他在說什麼？」安娜貝斯問。

「晚餐的特別驚喜啊，」我說：「之前答應你的。」

荷米斯搓搓手。「喬治和瑪莎，說再見囉。」

再見，喬治和瑪莎。喬治昏昏欲睡地說。

嘶嘶。瑪莎說。

「我們可能有一段時間不會再碰面，波西，」荷米斯警告我，「但是……算了，好好享受今晚吧。」

他的話讓人覺得有不祥預兆，這讓我再度好奇他沒說出口的是什麼事情。

這時他彈了一下手指，我們周圍的世界開始消融。

❖

我們的座位已經準備好。餐廳經理帶我們到屋頂露台的位置，這裡可以俯瞰巴黎的夜景、塞納河上的船影，遠方的艾菲爾鐵塔在發光。

我穿著西裝；真希望有人能幫忙照張相，因為我從來沒穿過西裝。還好，荷米斯用魔法把這一切都安排好了，要不然我可不會自己打領帶。希望我的樣子看起來還可以，因為安娜貝斯看起來美呆了。她穿著深綠色無袖洋裝，剛好展露出她的金色長髮，以及健美的苗條身材。她頸上的混血營項鍊換成了一串灰色珍珠，剛好搭配她的眼睛顏色。

服務生送上剛烤好的麵包和起司，給安娜貝斯一瓶氣泡礦泉水，給我一杯冰可樂（對，我是野蠻人）。我們吃了一堆我甚至唸不出名字的食物，但全部都很美味。經過了大約半小時，安娜貝斯才克服驚訝，開口講話。

「這太……令人難以置信了。」

「只給你最好的，」我說：「而且你以為我忘記了。」

「你是真的忘記了，海藻腦袋。」但她的笑容告訴我，她沒有真的生氣。「不過你做得很棒。這讓我很難忘。」

「我也有厲害的時候啊。」

「當然。」她把手伸過桌面，握住我的手，表情轉為嚴肅。「你認為荷米斯為什麼這麼緊張？我有預感奧林帕斯會有不好的事情發生。」

我搖搖頭。「我們可能會有一段時間不會再碰面。」天神這樣說過，這很像他在警告我接下來會發生的事。

「就讓我們享受今晚吧，」我說：「荷米斯會在午夜的時候把我們傳送回去的。」

「現在可以到河邊散步，」安娜貝斯建議，「還有，波西……隨時可以開始規畫我們的兩個月紀念活動了。」

「喔，天神啊。」我光想就很驚慌，但又覺得美好。當安娜貝斯男朋友的第一個月我安然度過了，所以我猜我並沒有把事情完全搞砸。事實上，我從來沒有這麼快樂過。如果她看到我們兩人的未來（如果她下個月還打算和我一起度過的話），這對我來說已經足夠。

「我們現在就去散步如何？」我掏出荷米斯塞在我口袋裡的信用卡，那是一張奧林帕斯黑金運通卡，然後放在桌子上。「我想和這位美麗的女孩一起探索巴黎。」

專訪荷米斯的雙蛇——喬治與瑪莎

很榮幸能與你們對談。你們很有名，你們知道的。

喬治：沒錯，老兄。我們是大蛇物，就是蛇界裡的大人物。沒有我們，荷米斯的權杖只不過是一根無聊的舊樹枝。

瑪莎：噓，搞不好他會聽到。荷米斯，如果你在聽，我們覺得你很棒喔。

喬治：對呀，荷米斯，很高興你抓了我們。請不要停止提供我們食物。

替荷米斯工作的感覺如何？

瑪莎：親愛的，我們是和荷米斯共事，不是替他工作。

喬治：對，他是抓到我們，也讓我們成為他雙蛇杖的一部分，但這並不代表他擁有我們。我們是他長相左右的夥伴，沒有我們，他會很無聊的。而且他沒有雙蛇杖會看起來很呆，就像現在，不是嗎？

你們的工作當中最棒的部分是什麼？

瑪莎：我喜歡和年輕的混血人聊天。太可愛了，這些孩子。不過，看到他們變壞的時候也會很傷心啦……

喬治：克羅諾斯那件事真是一團亂，我們就別談傷心事了，來聊聊好玩的事情吧，像是雷射，還有和荷米斯一起環遊世界。

對了，荷米斯不遞送包裹、不當旅者和小偷的庇護神、不幫天神傳遞訊息的時候，你們都在做什麼？

喬治：嗯，並不是說這樣我們就毫無用武之地了，你知道的。什麼？你以為我們就只是四處閒晃，整天在雙蛇杖上做日光浴嗎？

瑪莎：喬治，安靜點，你太沒有禮貌了。

喬治：但他應該知道我們是不可或缺的呀。

瑪莎：喬治的意思是，我們為荷米斯做了很多事。首先，我們提供荷米斯精神上的支持，而且當荷米斯在傳遞不怎麼樣的消息時，我覺得我們的出現能提供療癒效果。

喬治：我們還做過比這更酷的事情咧。荷米斯可以用雙蛇杖當趕牛棒、雷射，甚至是手機，而當他這樣做時，我們這最忠實的夥伴就是天線。

瑪莎：而且他在遞送包裹、顧客需要簽名時，我……

喬治：她就是那枝筆，而我是簽名板。

瑪莎：喬治，別打斷我說話。

喬治：我想說的是，荷米斯要是沒有我們，就無法完成他的工作！

手機、簽名板、筆……聽起來你們擅長很多招數。

喬治：你剛剛是不是提到老鼠？

瑪莎：不，不，他是說「招數」。因為我們做了很多不同的事情，所以我們會很多招數。

喬治：老鼠很美味呢。

瑪莎：不是老鼠啦，不要ㄉ、ㄓ不分……

喬治：一直談老鼠讓我餓了起來。我們去吃午餐吧。

地下洞穴大逃亡

里歐的魔桌尋找任務

里歐覺得是穩潔的錯。他早該知道會這樣。現在他整個計畫（花了他兩個月的工夫）或許真的得眼睜睜看著它完蛋了。

他氣急敗壞地繞著九號密庫，咒罵自己這麼笨，他的朋友則試著讓他冷靜下來。

「沒關係，」傑生說：「我們來幫忙了。」

「快告訴我們發生了什麼事。」派波催促著。

謝天謝地，他們這麼快就對他的苦惱做出回應。里歐無法求助其他人。有最好的朋友在身邊讓他感覺好一點，不過他不確定他們是否能阻止這場災難。

傑生一如往常看起來冷靜又有自信。他有一頭金髮、一雙天藍色的眼睛，一派衝浪人的帥勁。他嘴上的疤和腰間的劍賦予他強健的外型，好像任何事都難不倒他一樣。

派波站在他旁邊。她穿著牛仔褲和橘色的混

血營T恤，棕色長髮收攏在一邊綁成辮子。她的短刀卡塔波翠絲在皮帶上發著微光。儘管是這種狀態，她那多彩的眼睛仍閃閃發亮，就像她在壓抑著笑容似的。現在傑生和她正式在一起了，派波經常是這副模樣。

里歐深呼吸一口氣。「好，兩位。這很嚴重。巴福特消失了。如果我們不把它找回來，這整個地方都會爆炸。」

派波眼裡帶著笑意的光彩稍微黯淡了一些。「爆炸？嗯……好吧。冷靜下來，先告訴我們巴福特是誰。」

她可能不是故意的，但派波具備阿芙蘿黛蒂的孩子所擁有稱為「魅語」的力量，讓人很難忽略她的話。里歐感覺自己的肌肉放鬆了，腦袋也清醒了些。

「好，」他說：「過來這邊。」

里歐帶著他們穿過庫房地板，小心避開一些他正在進行的更危險計畫。他在混血營的兩個月，多數時間都待在九號密庫裡，畢竟是他再度發現了這個祕密工坊，現在對他來說，這裡就像第二個家。不過，他知道朋友們對這裡還是感覺不舒服。

他不能怪他們。這個密庫位在森林深處，蓋在石灰岩峭壁的半山腰裡，一部分是軍火庫，一部分是機械工坊，一部分是地下安全避難所，另外還有一點

「五十一區」❺的瘋狂氛圍。一排排的工作檯延伸進黑暗裡。工具櫃、儲物間、放滿焊接設備的籠子以及一堆堆的建築材料，讓這個由走道構成的迷宮看起來如此巨大，里歐猜想自己目前大概只探索了十分之一的區域。頭頂上橫亙著一堆架高窄道和傳遞物品的氣送管，另外還有一個里歐正要開始弄清楚的高科技聲光系統。

一個大型的魔法橫幅高掛在生產樓層的中間。里歐最近才發現該怎麼更換它的顯示內容，它有點像時代廣場的巨大螢幕，所以現在橫幅上顯示著：耶誕快樂，你們所有人的禮物都歸里歐！

他引導朋友來到中間的平台區。幾十年前，里歐的金屬朋友，銅龍非斯都，就是在這裡創造出來的。現在，里歐正慢慢組裝著自己的得意之作──阿爾戈二號。

此刻，它還不成形。龍骨安裝好了，一段神界青銅被彎成了弓的形狀，從船頭到船尾大約六十公尺。最底下的船身板材已經就位，靠著鷹架支撐形成一個淺淺的碗型。一旁放著桅杆，正準備放在適當的位置。銅製的龍型船首飾像（以前是非斯都的頭）放在旁邊，用絲絨細心地包裹起來，等著被安裝到尊崇的位置。

里歐大部分時間都花在船體上，他正在船身底部打造能驅動戰船的引擎。

他爬上鷹架，跳進船身裡。傑生和派波也跟著進去。

引擎裝置固定在龍骨上，看起來就像高科技版的遊戲攀爬架，組成的零件有管線、活塞、銅製齒輪、魔法碟盤、蒸氣出口、電線，以及其他一百萬個魔法與機械零件。里歐滑了進去，指出燃燒室的位置。

「看到了嗎？」里歐說。

這玩意兒很漂亮，是籃球大小的銅製球體，表面上滿滿覆蓋著玻璃圓筒，讓它看起來像是機械式的星芒。金色導線從圓筒底端延伸出來，連接到引擎的各個部分，每個圓筒都裝滿了不同的高風險魔法物質。中間的球體有個數字鐘，上頭顯示著 66:21。維修面板被打開了，裡面的核心是空的。

「問題在這裡。」里歐宣布。

傑生抓著頭。「嗯……我們要看什麼？」

---

❺「五十一區」（Area 51）為位於美國內華達州南部的一個區域，這裡有個空軍基地。此區被認為是美國用來祕密進行新空軍飛行器的開發和測試之地，也因此許多人相信它和眾多不明飛行物陰謀論有關。

里歐以為這樣已經很明顯了，但派波也一臉疑惑。

「好吧，」里歐嘆了口氣。「你們想聽完整解釋還是短版的？」

「短版。」派波和傑生異口同聲說。

里歐指著空空的核心。「切分器要裝在這裡。那是用來調節流量的多通道回轉閥。看到外面十幾個玻璃管嗎？裡面都裝滿了危險的強力物質。發紅光的是取自我爸熔爐的蘭諾斯之火。這邊這個很髒的東西呢？那是取自冥河的水。管子裡的東西應該要能驅動船，對吧？就像核反應器裡的放射性燃料棒。但混合比例必須控制好，而計時器已經開始運作。」

里歐拍拍數字鐘，上頭顯示 65:15。「也就是說，沒有切分器，這些東西會在同一時間全部排出到燃燒室，就在六十五分鐘之後。到時候，我們會得到非常嚴重的反應。」

傑生和派波瞪著他。里歐心想，自己剛剛是講英語沒錯吧。有時候他激動起來，會像他媽媽在工作坊那樣脫口說出西班牙語。不過他很確定自己剛剛說的是英語。

「嗯……」派波清了清喉嚨。「你可以把短版解釋弄得更短一點嗎？」

里歐用手掌拍一下自己的額頭。「好。一小時。液體混合。密庫就會『轟隆』。超過一平方公里的森林成為冒煙的坑洞。」

「喔，」派波小聲地說：「你不是只要……關掉它就好？」

「天啊，我竟然沒想到這點！」里歐說：「我只要按下這個開關，然後……不行，派波，我不能關掉它。這是很難處理的機械問題。每樣東西都必須在固定的時間以特定的順序組裝，燃燒室一旦裝配起來，比如說現在，你是不能把所有這些管子就這樣放著不管的。引擎必須運作。倒數鐘自動開始計時，我必須在液體到達臨界狀態之前裝好切分器。本來沒事的……唉呀，我把切分器弄丟了。」

傑生的手交叉在胸前。「你把它弄丟了。你沒有備用品嗎？你不能從你的工具腰帶裡抽出一個嗎？」

里歐搖搖頭。他的魔法工具腰帶可以產生很多很棒的東西，各種常見工具像是榔頭、螺絲起子、破壞剪等，里歐只要想到，就能從口袋裡拿出來。但這條皮帶不能製造複雜的設備或魔法物品。

「我花了一星期的時間製作切分器，」他說：「而且，當然啦，我做了一個備分。我一向都有備用品。可是那也不見了。它們都在巴福特的抽屜裡。」

「巴福特是誰？」派波問：「你為什麼把切分器放在他的抽屜裡？」

里歐翻了白眼。「巴福特是張桌子。」

「桌子，」傑生重複他的話，「名叫巴福特。」

「是的，桌子，」里歐心想，他朋友是不是喪失聽力了。「會走路的魔法桌子。大約九十公分高，桃花心木桌面，銅製底座，三隻會動的桌腳。我從一個儲藏櫃裡把他救出來，讓他能夠正常運作。他就像我爸在工作坊裡使用的那張桌子。是很棒的幫手；能攜帶我所有重要的機械零件。」

「那他發生了什麼事？」派波問。

里歐覺得快哭出來了，顯然他相當內疚。「我……我太疏忽了。我用穩潔擦拭他，然後……他就跑走了。」

傑生的表情像是要努力弄懂方程式一樣。「讓我把事情弄清楚。你的桌子跑走了……因為你用穩潔擦他。」

「我知道，我是個白痴！」里歐嗚咽著說：「很聰明的白痴，但還是個白痴。巴福特討厭別人用穩潔擦他，應該要用特殊保溼配方的檸檬清香味碧麗珠才對。我一時分心，想說只有一次或許他不會發現。然後我轉身去安裝燃燒管，一會兒之後我想找巴福特……」

里歐手指著密庫敞開的大門。「他就不見了，只有一道通往外面的油漬和螺栓造成的痕跡。現在他不知道跑到哪裡，而且兩個切分器都被他帶走了！」

派波瞥了一眼數字鐘。「所以……我們要在一小時內找到你逃跑的桌子，拿回你的切分什麼鬼的，然後把它裝進引擎裡，要不然阿爾戈二號會爆炸，摧毀九號密庫和大部分的森林。」

「基本上是這樣。」里歐說。

傑生皺起眉頭。「我們應該通知其他的學員，或許還得叫他們撤離。」

「不要！」里歐大聲說：「聽好，爆炸不會摧毀整個混血營的，只有森林受到影響。這點我很確定，大概有百分之六十五的把握。」

「喔，讓人鬆了一口氣。」派波咕噥著。

「而且，」里歐說：「我們也沒有時間了，我……不能告訴其他人，萬一他們發現我把情況弄得有多糟……」

傑生和派波看了彼此一眼。鐘上的數字跳成 59:00。

「好吧，」傑生說：「不過我們最好快一點。」

❖

他們努力穿過森林時，天色已經開始變黑。混血營的天氣受魔法控制，因此不會像長島其他地區那樣下雪與結冰，但里歐還是可以感覺到現在已經十二月底了。在高大橡樹的陰影下，空氣顯得溼冷。他們的腳踩在生苔的地面上，發出噗吱的聲音。

里歐很想召喚手中的火。自從來到混血營，他對這招已經比較拿手，但他知道森林裡的自然精靈不喜歡火。他不想再見到森林精靈對著他大吼大叫。

耶誕夜。里歐不敢相信已經是耶誕夜。他一直在九號密庫裡努力工作，沒有注意到已經好幾個星期過去了。通常他在假日前後會和朋友一起瞎混、胡鬧，扮成塔可老公公（他自己的發明）、把烤牛肉塔可餅放在別人的襪子和睡袋裡，或者將蛋酒倒進朋友的襯衫裡，要不然就是亂改歌詞，把耶誕頌歌改成歪歌。今年，他很認真努力工作。如果里歐這樣描述自己，他以前的老師應該會笑出來。

其實，里歐以前從來沒有這麼在乎一個計畫過。如果他們要及時展開大任務，阿爾戈二號必須在六月之前便準備就緒。六月似乎還很遙遠，但里歐知道若要趕在期限內完成，他幾乎沒有多少時間。即使有整個赫菲斯托斯小屋的人幫忙，建造一艘魔法飛行戰船仍然是個艱難的任務。相形之下，美國航太總署發射太空船看起來要容易多了。他們碰到無數的挫敗，然而里歐一心一意只想把戰船完成。這會是他的曠世傑作。

而且，他也想把龍形船首裝上去。他很想念他的老朋友非斯都，它在上一次任務中被擊扁，還起火燃燒。即使非斯都已經和以前不同，里歐還是希望能用戰船的引擎重新啟動它的腦。如果能讓非斯都重生，他就不會那麼悲傷了。

不過要是燃燒室爆炸的話，這一切都不會發生，一切就玩完了。沒有戰船，沒有非斯都，沒有任務。里歐不會怪任何人，只會怪自己。他真的非常痛恨穩潔。

傑生跪在河岸邊，指著泥地的一些痕跡。「那看起來像桌子的軌跡嗎？」

「可能是浣熊吧。」里歐回答。

傑生皺起眉頭。「浣熊沒有腳趾嗎？」

「派波，」里歐問：「你覺得呢？」

她嘆了一口氣。「我是美國原住民，不代表我有辦法在荒野裡追蹤家具的下落。」她裝出低沉的聲音，「『對，奇牟沙比❻。三腳桌一個小時前從這裡經過。』見鬼了，我不知道啦。」

---

❻ 奇牟沙比（kemosabe）是美國原住民語，代表好友或兄弟的意思。

「好吧，老天。」里歐說。

派波有一半切羅基族、一半希臘女神的血統，有時候很難判斷她對哪一邊的家族比較不滿。

「可能是桌子，」傑生決定了，「換句話說，巴福特越過了這條溪流。」

突然間，河水發出咕嚕聲，一個穿著亮藍色衣服的女孩浮出水面。她有繩狀的綠髮、藍色嘴唇和蒼白皮膚，看起來就像溺水的人。她警覺地張大眼睛。

「你們有必要這麼大聲嗎？」她發出噓聲。「他們會聽到的！」

里歐眨著眼睛。他一直沒辦法習慣這種狀況，即自然界的精靈就這樣從樹林、河裡還是什麼地方突然跳出來。

「你是水精靈嗎？」他問。

「噓！他們會把我們全殺光的！他們就在那邊！」她指著身後，在河對岸的森林深處。不幸的是，巴福特可能就是往那個方向走。

「好，」派波在水邊跪下來，溫柔地說：「我們很感激你的警告。你叫什麼名字？」

水精靈看起來想要逃，但派波的聲音讓她很難抗拒。

「布魯克。」藍色女孩不情願地說。

「布魯克？」傑生問。

派波拍了一下他的腿。「好，布魯克，我是派波。我們不會讓任何人傷害你，告訴我們，是誰讓你這麼害怕？」

水精靈的臉色變得更加激動，她身邊的水不斷翻騰起泡。「我瘋狂的表姊妹啊。你們阻止不了她們，她們會把你們撕成碎片。我們沒有一個是安全的！現在快走。我必須躲起來！」

布魯克融進水裡。

派波站起來。「瘋狂表姊妹？」她對著傑生皺眉，「你對她說的話有任何頭緒嗎？」

傑生搖搖頭。「或許我們應該降低音量。」

里歐盯著河水看，他想知道什麼東西這麼可怕，能把河水精靈撕成碎片？要怎麼把水撕碎呢？不管那是什麼，他都不想碰到。

然而他看得到對岸有巴福特的痕跡，泥地裡有小小的方印，通往水精靈剛剛警告他們的方向。

「我們必須跟著足跡走，對吧？」他說，主要是在說服自己。「我是說……我們是英雄哪，不管什麼情況，我們都能處理，對吧？」

傑生抽出劍，一把很棒的羅馬短劍，有帝國式的金色刀身。「對。當然。」

派波抽出短刀。她盯著刀身看，好像希望卡塔波翠絲能提供有用的影像；她的短刀有時的確可以辦到啦。但如果她看到了重要的事情，她不會說出來。

「瘋狂表姊妹，」她低聲說：「我們來了！」

❖

他們跟著桌子的痕跡深入森林時，沒有人再多說話。沒有鳥叫聲，沒有怪物吼叫聲，彷彿森林裡的所有生物聰明到知道要離開。

最後，他們來到一個小停車場規模的空地。頭頂的天空陰鬱厚重。草地枯黃，地面都是坑洞與溝槽，就好像有人開著建築機械來這裡飆車一樣。空地中央有一堆大約九公尺高的大圓石。

「喔，」派波說：「這不太妙。」

「怎麼說？」里歐問。

「來到這裡真倒楣，」傑生說：「這裡是戰事遺址。」

里歐皺眉。「什麼戰事？」

派波挑動眉毛。「你怎麼會不知道？其他學員一直在討論這個地方。」

「之前有點忙。」里歐說。

他盡量不讓自己覺得難過，但他錯過了很多混血營的例行活動，有三層槳戰船的戰鬥、戰車比賽，以及與女孩子調情。這是最糟的部分，因為派波是阿芙蘿黛蒂小屋的首席指導員，里歐終於有機會能「認識」混血營裡最火辣的女孩們，不過他太忙了，派波根本沒機會「照顧」他。真悲哀。

「迷宮戰場。」派波壓低聲音，對里歐解釋起那堆石頭為什麼被叫做宙斯之拳，在當時它看起來像某個東西，而不只是一堆石頭。這裡曾是魔法迷宮的入口，怪物大軍就是穿過這裡入侵混血營的。混血營贏了（這很明顯，因為混血營還在），但這是一場艱辛的戰役，好幾位混血人喪命。到了今天，人們還是認為這塊空地受到了詛咒。

「太好了，」里歐嘟噥著，「巴福特一定要跑到森林裡最危險的地方，它不能跑去……像沙灘或漢堡店之類的地方。」

「說到這個……」傑生研究著地面。「接下來我們要怎麼追蹤他？這裡沒有痕跡呀。」

雖然里歐寧願待在有樹木掩護的地方，他還是跟著朋友進到空地裡。他們搜尋桌子的痕跡，可是來到圓石堆時就看不到任何東西了。里歐從他的工具腰帶裡抽出錶，繫在手腕上。大約四十分鐘後就會有轟隆巨響。

「如果有更多時間就好了，」他說：「我可以製造追蹤裝置，但是……」

「巴福特是圓形桌面嗎？」派波打斷他的話，「一邊有小蒸氣口突出來？」

里歐瞪著她看。「你怎麼知道？」

「因為他就在那邊。」她用手指著。

千真萬確，巴福特正搖搖擺擺地朝著空地的另一端走去，排氣口還冒著煙。然後就在他們眼前，巴福特消失在樹林裡。

「這就簡單了。」傑生想要跟上去，但里歐把他拉回來。

里歐脖子後面的寒毛直豎。他不確定是什麼原因。接著才了解是因為他聽到他們左邊的樹林裡有聲音。「有人來了！」

他拉著朋友躲到圓石後面。

傑生低聲說：「里歐……」

「噓！」

十幾個光腳的女孩跳進空地裡。她們大約十幾歲，穿著束腰式的寬鬆絲質外衣，顏色有紫有紅。她們的頭髮纏著樹葉，多半戴著月桂冠。有些帶著奇怪的手杖，看起來像火把。這些女孩像是暈眩似地大笑、繞著彼此打轉、在草地上打滾、原地旋轉。她們都很迷人，但里歐一點動心的感覺也沒有。

派波嘆了口氣。「她們不過是森林精靈，里歐。」

里歐焦急地打手勢要她蹲下來。他低聲說：「瘋狂表姊妹！」

派波睜大了眼睛。

等到這些森林精靈靠得更近，里歐注意到一些奇怪的細節。她們的手杖並不是火把，那是扭曲的樹枝，每根的尖端都有巨大的松毬，有些還纏繞了活蛇。女孩們頭上的月桂冠也不是花冠，而是她們的頭髮用小毒蛇編成了辮子。這些女孩滿臉笑容地用古希臘語唱歌，一邊跌跌撞撞繞著森林空地走，她們看起來很愉快，聲音裡卻帶有一種狂野的殘暴感。里歐想，如果美洲豹會唱歌，聽起來大概就像這樣子吧。

「她們喝醉了嗎？」傑生低聲說。

里歐皺著眉。這些女孩的行為確實很像喝醉了，但他覺得事情另有蹊蹺。他很慶幸森林精靈還沒有看見他們。

接著情勢就變複雜了。在他們右邊的森林裡，有個東西發出了吼聲。樹林沙沙作響，一條古蛇龍衝進空地裡，牠臉上的表情夾雜著睡意與怒意，像是森林精靈的歌聲把牠吵醒似的。

里歐在森林裡看過很多怪物。營區會特地蒐集怪物，當做學員的挑戰。但這比大多數的怪物要更巨大，也更嚇人。

古蛇龍的身體像地鐵車廂那麼大。牠沒有翅膀，嘴裡滿滿都是短刀似的牙齒，鼻孔則繚繞著火焰，銀色鱗片像拋光的鎖子甲般蓋滿牠的全身。當牠看到森林精靈之後，牠再度怒吼，並朝著天空噴火。

這些女孩似乎沒有注意到。她們繼續翻著筋斗、開懷大笑，並嬉鬧地彼此推擠。

「我們必須幫她們，」派波低聲說：「她們會沒命的！」

「等等。」里歐說。

「里歐，」傑生的聲音帶有怒意，「我們是英雄，不能讓無辜的女孩……」

「冷靜下來。」里歐很堅持。關於這些女孩，有件事讓他很困擾，一個他只記得一半的故事。里歐是赫菲斯托斯小屋的指導員，所以他覺得自己有義務好好鑽研魔法物品，以免將來有一天需要打造它們。他很確定自己讀過關於松毬手杖纏著蛇的故事。「看著。」

終於，其中一個女孩注意到了古蛇龍。她欣喜地尖聲大叫，彷彿她發現了可愛的小狗一樣。她朝著怪物跳過去，其他女孩也邊唱邊笑地跟過去，這些舉動似乎讓古蛇龍很困惑。牠可能不太習慣自己的獵物竟然這麼歡樂。

一個穿著血紅色衣服的森林精靈翻了個筋斗，在古蛇龍面前站定。「你是戴歐尼修斯嗎？」她滿懷希望地問。

這似乎是個蠢問題。沒錯，里歐從沒看過戴歐尼修斯，但他很確定酒神不會是噴火古蛇龍。

怪物朝著女孩站立的地方噴火。她一個舞姿就離開了致命區域。古蛇龍衝上來，用嘴咬住她的手臂。里歐畏縮了一下，心想森林精靈的手就要在他眼前斷掉了，然而她只是隨意一甩就脫了身，連帶古蛇龍的幾顆斷牙跟著噴出來。她的手臂毫髮無傷。古蛇龍發出又是怒吼又是啜泣的聲音。

「不乖！」女孩責罵著。她轉身面對興高采烈的朋友。「不是戴歐尼修斯喔。他必須來參加我們的派對！」

十幾個森林精靈歡樂地尖叫著，把古蛇龍團團圍住。

派波屏著呼吸。「他們要……喔，天神啊。不！」

里歐通常不會為怪物感到抱歉，但接下來發生的事情真的太駭人了。女孩們紛紛撲向古蛇龍，她們歡樂的笑聲轉為邪惡的吼叫，用指甲變成的長長白爪、牙齒伸長變成的狼牙及松毬手杖攻擊牠。

怪物一邊噴火，一邊跌跌撞撞地想要逃跑，不過這些年輕女孩有數量上的優勢。森林精靈又撕又扯，最後古蛇龍慢慢粉碎成粉末，牠的元神回到了塔耳塔洛斯。

傑生發出大口吸氣的聲音。里歐看過自己的朋友身陷各種危險的處境，可是他從未看過傑生的臉色如此蒼白。派波則遮住眼睛，喃喃自語地說：「喔，天神啊。喔，天神啊。」

里歐努力讓自己的聲音不要顫抖。「我讀過這些森林精靈的資料，她們是戴歐尼修斯的追隨者。我忘記她們的名字……」

「梅娜德，」派波在發抖，「我聽過她們。我以為她們只存在於古代。她們會參加戴歐尼修斯的派對。當她們過於興奮時……」

她指向空地。她不用再多說什麼。水精靈布魯克已經警告過他們了，她的瘋狂表姊妹會把受害者撕成碎片。

「我們必須離開這裡。」傑生說。

「但她們就杵在我們和巴福特之間！」里歐低聲說：「而我們只剩下……」他看了一下手錶。「三十分鐘，在這之前把切分器裝上去。」

「或許我可以讓我們飛到巴福特那邊。」傑生緊閉著眼睛。

里歐以前就知道傑生可以控制風，這是身為超酷的宙斯之子所擁有的好處之一。然而這次，什麼事也沒發生。

傑生搖搖頭。「我不知道……感覺空氣很焦躁，或許是那些森林精靈在搞鬼。連風精靈也太緊張而不敢靠近。」

里歐回頭看著他們走過來的路。「我們必須撤退到森林裡。如果我們可以繞過梅娜德……」

「兩位。」派波緊張地尖聲叫喚。

里歐抬頭看。他沒有注意到梅娜德已經爬上石頭靠近他們，她們沒有發出任何聲音，這比她們的笑聲還更令人毛骨悚然。她們從圓石上往下看，笑容美豔，指甲和牙齒都在正常狀態。毒蛇盤繞在她們的頭髮上。

「哈囉！」穿著血紅色衣服的女孩對里歐露出燦爛的笑容。「你是戴歐尼修斯嗎？」

❖

這問題只有一個答案。

「是的，」里歐大喊：「沒錯。我就是戴歐尼修斯。」

他站起來，試著擠出和那女孩一樣的笑容。

森林精靈歡喜地鼓掌。「太棒了！我的主人戴歐尼修斯？真的嗎？」

傑生和派波也站起來，手擱在武器上，不過里歐希望不要打起來。他剛看見這些森林精靈的動作有多迅速，如果她們決定進入食物調理機模式，里歐懷疑他和朋友是否有活命的機會。

梅娜德一邊傻笑、跳舞，一邊彼此推擠，好幾個從石頭上掉下去，重重地摔在地上。但這似乎沒有造成她們的困擾。她們只是站起來，繼續嬉鬧。

派波用手肘頂了一下里歐的肋骨。「嗯，戴歐尼修斯主人，你在做什麼？」

「沒事，沒事。」里歐看著朋友的表情似乎在說，事情真的真的很大條。「梅娜德是我的隨從。我喜歡這些傢伙。」

梅娜德一邊歡呼，一邊快速圍著他繞圈。好幾個從空中抓下高腳杯，然後一口喝掉……裡面裝的東西。

穿紅衣的女孩不確定地看著派波和傑生。「戴歐尼修斯主人，這兩人是派對的祭品嗎？我們要把他們撕成碎片嗎？」

「不，不！」里歐說：「很棒的提議呢，不過，嗯，你知道的，或許我們應該慢慢來。先從什麼開始呢？喔，自我介紹。」

女孩瞇起眼睛。「你一定記得我吧，主人？我是芭貝啊。」

「喔，對，」里歐說：「芭貝！當然。」

「然後她們是芭菲、瑪菲、斑比、坎蒂……」芭貝連珠炮似地背出更多類似且混雜的名字。里歐看了一眼派波，懷疑這是某種阿芙蘿黛蒂式的玩笑。這些森林精靈原本可以完全融入派波的小屋，但派波看起來像是在努力不要尖叫，可能是因為有兩位梅娜德正用手摟著傑生的肩膀，並咯咯笑著。

芭貝往前靠近里歐。她聞起來像松針，一頭黑色鬈髮披在肩膀上，鼻子滿是雀斑，珊瑚蛇像花冠般盤繞在她的額頭上。

自然精靈的皮膚通常會因為葉綠素而呈現綠色，這些梅娜德卻讓人覺得她們血管裡流的是櫻桃口味的色素飲料。她們的眼睛嚴重充血，嘴唇比一般人還要紅，她們的皮膚布滿鮮明的微血管。

「您選擇了很有趣的外表，主人，」芭貝檢視著里歐的臉孔和頭髮，「年輕、可愛，我覺得啦。不過……有點瘦巴巴，而且身材短小。」

「瘦巴巴還身材短小？」里歐把幾個中意的回應吞了回去。「嗯，你知道的，我是走可愛風，大體上來說。」

其他的梅娜德繞著里歐邊笑邊哼著歌。在正常情況下，被一堆火辣的女孩圍繞著，對里歐來說是完全沒問題的，但這次不一樣。他忘不了梅娜德的牙齒和指甲變長，然後將古蛇龍撕成碎片。

「那麼，我的主人，」芭貝用手指來回撫摸里歐的手臂，「您之前去哪裡了？我們找您找了好久！」

「我到哪裡……？」里歐焦急地轉著腦袋。他知道戴歐尼修斯在自己加入混血營之前是擔任混血營的營長，然後這位天神就被召回奧林帕斯山去幫忙對付巨人。但他最近在哪裡亂晃呢？里歐完全沒有頭緒。「喔，你知道的，我一直在，嗯，釀酒。沒錯。紅酒。白酒。所有各式各樣的酒。最愛酒了。我一直忙著工作……」

「工作！」梅娜德之一的瑪菲發出尖叫，並用手蓋住耳朵。

「工作！」芭菲抹著自己的舌頭，好像要把什麼恐怖字眼刮掉。

其他的梅娜德則丟掉手中的高腳杯，繞著圓圈邊跑邊叫。「工作！褻瀆！消滅工作！」有些梅娜德開始長出長爪子，有些則用頭去撞圓石，結果似乎是圓石受到傷害，而不是她們的頭。

「他是指派對！」派波大喊：「派對！戴歐尼修斯主人忙著到世界各地舉辦派對。」

慢慢地，梅娜德平靜下來。

「派對？」斑比謹慎地問。

「派對！」坎蒂放鬆地嘆了口氣。

「沒錯！」里歐擦掉手心的汗，他對派波露出感激的表情。「哈哈。派對。對呀，我就是忙著辦派對。」

芭貝保持著笑容，但不是友善的那種。她盯著派波：「這位是誰啊？我的主人？或許是新加入的梅娜德？」

「喔，」里歐說：「她啊，嗯，是我的派對規畫師啦。」

「派對！」另一位梅娜德大喊，可能是翠克西。

「真可惜。」芭貝的指甲開始伸長。「我們不能讓凡人親眼看見我們神聖的狂歡。」

「但我可以加入梅娜德啊！」派波立刻說：「你們有網站嗎？應徵條件是什麼？呃，你們必須隨時保持酒醉狀態嗎？」

「酒醉！」芭貝說：「別傻了。我們是未成年的梅娜德，我們還不能碰酒。我們的父母會作何感想？」

「你們有父母？」傑生聳聳肩，甩開梅娜德的手。

「不能酒醉！」坎蒂大喊。她醺醺然地轉了一圈，然後跌倒在地，把高腳杯裡的白色泡沫液體灑了出來。

傑生清了清喉嚨。「那麼……如果那不是酒，你們在喝什麼？」

芭貝笑了。「當季的飲料呀！讓你們看看酒神杖的力量！」

她把松毬手杖往地上一插，一道白色噴泉冒了出來。「蛋酒❼！」

梅娜德紛紛衝向前，裝滿她們的高腳杯。

「耶誕快樂！」一位梅娜德大喊。

「派對！」另一個梅娜德說。

「消滅所有東西！」第三個說。

派波往後退了一步。「你們……是喝蛋酒喝醉的？」

「嘻嘻！」芭菲大口喝著蛋酒，嘴上滿是泡沫地對里歐微笑。「消滅！灑一點肉荳蔻！」

里歐決定以後再也不喝蛋酒了。

「聊夠了，我的主人，」芭貝說：「您很調皮，一直躲著！您把電子郵件信箱和手機號碼都換掉了。別人可能會想，偉大的戴歐尼修斯想要甩掉他的梅娜德呢！」

傑生撥開肩膀上另一個女孩子的手。「無法想像偉大的戴歐尼修斯為什麼會這樣做。」

芭貝打量著傑生。「很明顯，這個就是祭品了。我們應該把他撕成碎片，開始慶典吧。派對規畫師可以幫助我們，來證明自己的能力！」

「或者，」里歐說：「我們可以先從開胃菜開始。酥皮熱狗捲、墨西哥玉米捲餅，也許再來點洋芋片配起司醬。還有……等等，我知道了！我們需要一張桌子，把所有菜色擺上來。」

芭貝的笑容變得猶豫，她松毬手杖上的蛇嘶嘶作響。「桌子？」

「酥皮熱狗捲？」翠克西的語氣充滿希望。

「對，桌子！」里歐彈了一下手指，指著空地的另一端。「你知道嗎，我想我剛看到有張桌子往那邊走。你們大夥兒要不要在這裡等、喝點蛋酒什麼的，然後我和我朋友去把那張桌子拿回來。我們一下子就回來！」

他轉身要離開，但兩個梅娜德把他推回來。這種推力似乎不像是在玩。

芭貝的眼睛轉為更深的紅色。「為什麼我的主人戴歐尼修斯對家具這麼有

❼蛋酒其實不含酒，做法是將生雞蛋打碎，加入糖粉和牛奶。

興趣？你的豹去哪兒了？還有你的酒杯呢？」

里歐幾乎喘不過氣來。「對。酒杯。我真蠢哪。」他把手伸進工具袋裡。他祈禱工具袋能為他生出一個酒杯來，但酒杯其實並不是工具。他抓到了某個東西，把它拿出來，發現自己抓著一支十字扳手。

「嘿，看看這個，」他虛弱地說：「這可是天神魔法哩，嗯？哪個派對會缺少……十字扳手呢？」

梅娜德全都瞪著他看。有些皺起眉頭，其他的則把眼光從蛋酒移開，斜著眼看他。

傑生站到他旁邊。「嘿，嗯，戴歐尼修斯……或許我們該聊聊。呃，私底下的。你知道……關於派對的東西。」

「我們一會兒就回來！」派波宣布，「你們大家在這裡等，好嗎？」

她的聲音因為魅語而令人興奮，但梅娜德似乎不為所動。

「不，你們要留下來，」芭貝的眼神似乎要鑽進里歐的眼睛，「你的行為不像戴歐尼修斯。那些無法榮耀天神的人，那些膽敢工作而不狂歡的人，他們必須被撕成碎片。任何人要是敢假扮成天神，他會死得更痛苦。」

「酒！」里歐大喊：「我有提過我多愛酒嗎？」

芭貝看起來沒有被說服。「如果你是派對之神，你應該知道我們狂歡的順序。證明給我們看！帶領我們！」

里歐感覺被困住了。他以前曾被困在派克峰頂的洞穴裡，一群狼人圍繞著他；另一次，他和一家子邪惡的獨眼巨人一起困在廢棄的工廠裡。然而這次，和十幾個漂亮的女孩站在開闊的空地上，情況卻要險惡許多。

「當然！」他的聲音變尖了。「狂歡。我們先從團康舞開始……」

翠克西大吼：「不對，我的主人！團康舞是第二個節目。」

「沒錯，」里歐說：「首先是淩波舞比賽，接著才是團康舞。然後，嗯，蒙眼黏驢尾巴遊戲……」

「錯！」芭貝的眼睛完全轉為紅色，她血管裡的色素飲料顏色也加深了，這使得她的皮膚底下出現常春藤般交錯的紅血管。「最後一次機會，而且我要給你一個提示。我們一開始是先唱狂飲歌。你應該記得，對吧？」

里歐覺得自己的舌頭就像砂紙。

派波把手放在他的手臂上。「他當然記得啊。」她的眼神則在說：跑。

傑生因為緊握劍柄而指節發白。

里歐很討厭唱歌。他清了清喉嚨，開始以顫抖的聲音唱著此刻腦海中第一個出現的旋律，來自他在打造阿爾戈二號時在網路上看到的影片。

唱了幾行歌詞之後，坎蒂發出噓聲。「這不是狂飲歌！這是電視影集《靈異妙探》的主題曲。」

「殺掉這些不信者！」芭貝尖叫。

❖

里歐想到一個脫身的辦法，這是他之前聽到的提示。

他要耍個可靠的花招。他從工具腰帶裡抓出一瓶油，然後往自己面前大弧度地灑了出去，潑在梅娜德的身上。他不想傷害任何人，可是他提醒自己，這些女孩可不是人類，她們是一心要把他撕成碎片的自然精靈。他召喚火到他手上，然後點燃灑出去的油。

一道火牆吞噬了森林精靈。傑生和派波立刻轉身逃跑，里歐緊跟在後。

他預期會聽到梅娜德的尖叫聲，卻聽到了笑聲。他回頭一瞥，看見梅娜德光著腳在火焰裡跳舞。梅娜德的衣服在悶燒，但她們似乎並不在意。她們在火裡跳來跳去，就好像在玩灑水器一樣。

「謝謝你們，不信者！」芭貝笑著說：「我們的狂熱讓我們不怕火，不過

泰麗雅

哈爾

路克

CAMP HALF-BLOOD
安娜貝斯

波西
CAMP HALF-BLOOD

派波

里歐

傑生

還是會覺得癢啦。翠克西，送這些不信者一個感謝禮吧！」

翠克西跳著來到圓石堆前。她抓起一顆冰箱大小的石頭，然後高舉過頭。

「快跑！」派波說。

「我們已經在跑了！」傑生加快速度。

「跑快一點！」里歐大喊。

他們來到空地的邊緣，這時頭頂閃過一個陰影。

「往左轉！」里歐嘶吼。

他們躲進樹林裡，此時一顆圓石重重掉在他們旁邊，發出嚇人的砰一聲，只差幾公分就擊中里歐了。他們沿著山谷往下滑，沒多久里歐就失去重心，猛力撞上傑生和派波，最後他們像混血人組成的雪球一樣滾下山。來到山底，他們滾進布魯克的溪流裡。他們扶著彼此站起來，跌跌撞撞地往森林深處走去。在他們身後，里歐聽到梅娜德大笑大叫，催促里歐快回頭，好讓她們將他撕成碎片。

因為某種原因，里歐絲毫不感興趣。

傑生拉著他們躲到一棵巨大橡樹後面，三人站在那裡大口喘氣。派波的手肘嚴重擦傷，傑生的左邊褲腳幾乎整個撕破，讓他的左腳看起來像是披著一塊丹寧布斗篷。無論如何，他們在滾下山的過程中竟然沒有被自己的武器所傷，實在是個奇蹟。

「我們要怎麼打敗她們？」傑生問：「她們不怕火，簡直超強。」

「我們不能殺死她們。」派波說。

「一定會有方法的。」里歐說。

「不。我們不能殺死她們。」派波說：「任何殺死梅娜德的人都會受到戴歐尼修斯的詛咒。你們沒讀過那些古老故事嗎？殺死他的追隨者的人不是發瘋，就是變成動物，或者……嗯，不好的東西。」

「那會比梅娜德把我們撕成碎片還糟嗎？」傑生問。

派波沒有回答。她的臉色陰沉，里歐覺得還是不要問細節好了。

「那太好了，」傑生說：「我們必須在不殺死她們的情況下阻止她們。誰的手上有超大張的捕蠅紙？」

「我們和對方的人數大約是一比四，」派波說：「另外……」她抓過里歐的手腕，看了一眼手錶，「九號密庫爆炸之前，我們還有二十分鐘。」

「不可能了。」傑生做出結論。

「我們死定了。」派波也同意。

但里歐的腦袋這時正高速運轉；他在面對不可能的情況時表現得最好。

不能殺死梅娜德，卻又要阻止他們……九號密庫……捕蠅紙。一個想法完整成形，就像他那些瘋狂裝置一樣，所有的齒輪和活塞都卡得剛剛好。

「我有辦法了，」他說：「傑生，你必須找到巴福特。你知道他往哪個方向跑，繞過去找到他，然後帶回密庫，動作要快！如果你離梅娜德夠遠，或許就能再度控制風，到時候你就能飛了。」

傑生皺眉。「那你們兩個呢？」

「我們要把梅娜德帶離你的方向，」里歐說：「然後引領她們直接去九號密庫。」

派波咳了一聲。「不好意思，但九號密庫不是要爆炸了嗎？」

「沒錯，但如果我能讓梅娜德進到裡面，就有辦法好好招呼她們。」

傑生一臉狐疑。「即使你辦得到，我也得找得到巴福特，並在二十分鐘內把切分器拿回來給你，要不然你、派波和十幾個森林精靈都會爆炸。」

「相信我，」里歐說：「而且現在只剩下十九分鐘了。」

「我喜歡這個計畫。」派波往前親了一下傑生。「這是怕我萬一爆炸的話。請動作快一點。」

傑生沒有回應，他衝進森林裡。

「來吧，」里歐告訴派波，「我們去邀請梅娜德到我的地盤吧。」

❖

里歐曾在森林裡玩過遊戲，大部分是奪旗大賽，但即使是混血營的完全戰鬥版遊戲，也比不上跑給梅娜德追要來得危險。派波和他在夕陽餘暉中沿著當初的路走回去。他們呼出的都是熱氣。偶爾里歐會喊：「派對在這邊！」讓梅娜德知道他們在哪裡。這需要一點技巧，因為里歐必須在前面保持夠遠的距離才不會被抓到，但又不能太遠，否則梅娜德會跟丟。

偶爾他會聽到怪物或自然界精靈不幸遭遇到梅娜德時所發出的驚嚇哭喊，一度還有令人毛骨悚然的尖叫聲劃破天際，隨之而來的是類似大樹被野蠻花栗鼠大軍摧毀的聲音。里歐嚇得要命，幾乎無法挪動雙腿前進。他猜想，是梅娜德把某個可憐樹精靈的生命源頭撕成了碎片。里歐知道自然界的精靈可以重生，但那死亡前的吶喊仍是他所聽過最恐怖的聲音。

「不信者！」芭貝的叫喊穿過樹林，「來跟我們一起慶祝！」

現在她的聲音聽起來更近了。里歐的直覺告訴他繼續跑就對了。忘掉九號密庫。或許他和派波能到達爆炸區的邊緣。

然後呢……不管傑生死活？將梅娜德炸掉好讓里歐承受戴歐尼修斯的詛咒？而且爆炸能殺死梅娜德嗎？里歐沒有答案。如果梅娜德逃過一劫，並且繼續尋找戴歐尼修斯呢？最後他們會發現小屋和其他學員。不，不能讓這事情發生。里歐必須保護朋友。他還有機會拯救阿爾戈二號。

「在這裡！」他大喊：「派對地點在我的房子裡！」

他抓起派波的手腕，全力衝向密庫。

他能聽到梅娜德正快速逼近，她們赤腳跑過草地，樹枝折斷，裝蛋酒的高腳杯碰到石頭應聲而碎。

「快到了，」派波指著森林外的地方。不到一百公尺外有片陡峭的石灰岩壁，那是九號密庫的入口。

里歐的心臟像是來到臨界點的燃燒室，不過他們終於到達峭壁。他拍打石灰岩壁。火線在峭壁壁面燃燒開來，慢慢形成大門的輪廓。

「快點！快點！」里歐催促。

他犯了「回頭看」這個錯誤。在僅僅一箭之遙的地方，第一個梅娜德從樹林裡竄出來。她的眼睛全紅，笑著露出滿嘴的獠牙，並用變成爪子的指甲往最近的樹上一劃，立刻將它削成兩半。由樹葉形成的小小龍捲風圍繞著她打轉，好像連空氣都瘋狂了。

「來啊，混血人！」她呼喊：「跟我一起狂歡！」

里歐知道這很瘋狂，不過她的話在他耳裡嗡嗡作響。他有點想要奔向她。

哇，小子，他告訴自己，**混血人的金科玉律：不要和瘋子跳團康舞。**

儘管如此，他還是朝梅娜德走了一步。

「停住，里歐，」派波的魅語拯救了他，讓他停在原地不動，「是戴歐尼修斯的瘋狂影響了你。你並不想死。」

他顫抖地吸了口氣。「對。他們愈來愈強了。我們的動作得快點。」

終於，密庫的門打開了。梅娜德為之咆哮。她的朋友從樹林裡冒出來，然後和她一起往前衝。

「回頭！」派波用最具說服力的聲音對她們呼喊，「我們在你們後方不到五十公尺耶！」

這是個荒謬的建議，但魅語似乎暫時奏效了。一群梅娜德轉身，沿著她們來的方向跑，然後踉蹌停住，一臉迷惑。

里歐和派波立刻竄進密庫裡。

「把門關上？」派波問。

「不！」里歐說：「要讓她們進來。」

「是嗎？計畫？計畫是什麼？」

「計畫。」里歐想要甩開腦中的一團混亂。

他們只有三十秒，最多是這樣，然後梅娜德就會衝進來。阿爾戈二號的引擎爆炸時間會在……他看了一眼手錶，喔，老天，十二分鐘後？

「我能做什麼？」派波問：「快點，里歐。」

他的腦袋開始變得清明。這是他的地盤。他不能讓梅娜德取得勝利。

里歐從最近的工作桌上抓起一個有紅色按鈕的銅製控制盒，交給派波。

「我需要兩分鐘。你爬上架高的窄道，像你剛才在外面那樣分散梅娜德的注意力，可以嗎？當我大喊指令，不管你在哪裡，按下那個按鈕。不過我沒下令之前不要按。」

「它有什麼效果？」派波問。

「目前還沒有任何效果，我得先設好陷阱。」

「兩分鐘，」派波堅定地點了頭，「沒問題。」

她跑到最近的階梯前面，然後開始往上爬。里歐則一邊沿著走道快步走，一邊從工具箱和儲物櫃裡拿出東西。他也拿了機器零件和鐵線。他打開密庫內部控制面板上的開關，啟動延時感應器。他做這些事的時候並沒有多想，就像鋼琴師不會思考手指要放在哪個琴鍵上一樣。他在密庫裡滿場飛奔，把所有零件組合起來。

他聽見梅娜德衝進密庫裡。有那麼一刻，她們驚訝地停下腳步，對充滿閃亮物件的巨大洞穴發出「喔」和「啊」的讚嘆聲。

「你在哪裡？」芭貝呼喊：「我冒牌的戴歐尼修斯主人！來和我們同歡！」

里歐試著讓自己聽而不聞。這時，他聽到派波在架高窄道上的某個地方大喊：「我們一起跳方塊舞吧？向左轉！」

梅娜德迷惑地尖叫。

「抓個夥伴！」派波喊：「讓她轉圈！」

接著傳來更多的吶喊和尖叫，還有幾聲哐啷，顯然是一些梅娜德在讓彼此轉圈時撞到了金屬物品。

「停！」芭貝大吼：「不要抓夥伴！去抓混血人！」

派波又喊了幾個指令，但她的支配力量似乎消失了。

里歐聽見腳步重重踩在階梯上的聲音。

「喔，里歐？」派波大喊：「兩分鐘到了嗎？」

「再等一下，」里歐找到了最後一件他要的東西，一堆有如被子大小的金色閃亮布料。他將金屬布塞進最近的氣送管，然後拉下控制桿。完成了……如果計畫成功的話。

他跑到密庫中央，就在阿爾戈二號前面，然後大喊：「嘿！我在這裡！」他張開手臂，露出笑容。「來吧！和我一起盡情歡樂！」

他瞥了一眼船隻引擎上的倒數器。還剩下六分半鐘。他真希望自己沒看那一眼。

梅娜德從階梯上爬下來，小心謹慎地圍繞著他。里歐一邊跳舞，一邊亂唱電視劇主題曲，希望可以讓她們產生猶豫。他必須讓所有的梅娜德聚在一起，然後啟動陷阱。

「跟著唱！」他說。

梅娜德開始咆哮。她們充血的眼睛看起來又氣又惱，繞在她們頭上的蛇也開始嘶嘶作響，她們的酒神杖因紫色火焰而發亮。

芭貝到了最後才加入。當她看到里歐獨自一人、沒有武器而且在跳舞，不禁樂得大笑。

「你真聰明，知道要接受自己的命運，」她說：「真正的戴歐尼修斯會很高興。」

「對了，說到這個，」里歐說：「我想戴歐尼修斯換掉電話號碼是有理由的。你們這些人根本不是他的追隨者，你們只是瘋瘋癲癲的跟蹤狂。你們找不到他，是因為他不想讓你們找到。」

「騙人！」芭貝說：「我們是酒神的精靈！他以我們為榮！」

「是啦，」里歐說：「我也有一些瘋狂的親戚，所以我不怪戴先生。」

「殺了他！」芭貝尖叫。

「等等！」里歐舉起手來。「你們可以殺死我，但你們想讓這變成真正的派對，對，對吧？」

正如他所希望的，梅娜德開始猶豫起來。

「派對？」坎蒂問。

「派對？」瑪菲問。

「喔，沒錯！」里歐往上看，並對著架高窄道大喊：「派波？炒熱氣氛的時間到囉！」

接下來的三秒不可思議地漫長，而且什麼事也沒發生。里歐就站在那裡，對著十幾個瘋狂的森林精靈微笑，而她迫不及待地想把他切成一口大小的混血人肉塊。

接著，整個密庫突然呼呼作響。梅娜德周圍的地板上突然升起許多管子，並吐出紫色蒸氣。氣送管裝置噴出金屬片，就像慶典上灑出的閃亮五彩碎紙。在她們上頭的魔法旗幟閃了一下，文字換成「歡迎發神經的森林精靈」！

音響系統突然播放起音樂，是滾石合唱團，那是里歐的媽媽最愛的樂團。他喜歡邊工作邊聽他們的音樂，因為這會讓他想起以前在媽媽店裡流連的美好時光。

接著絞盤系統也上工了，一顆舞台鏡面球在里歐的頭頂上緩緩下降。在架高窄道上，派波往下看著自己按下按鈕後所引起的騷亂，下巴都快掉下來了。里歐這麼快就能籌辦出一場派對，連梅娜德也感到印象深刻。

如果再多幾分鐘，里歐可以做得更好，像是雷射表演、煙火，或許還能架設供給開胃菜和飲料的機器。不過就兩分鐘的工作來說，效果還不壞。幾個梅娜德開始跳起方塊舞。還有一個在跳團康舞。

只有芭貝看起來不為所動。「這是什麼把戲？」她質問：「你不是在為戴歐尼修斯辦派對。」

「哦，不是嗎？」里歐抬頭看。舞台鏡面球幾乎伸手就摸得到。「你還沒看到我最後的絕活呢。」

鏡面球打開，一具爪鉤垂下來，里歐跳了上去。

「抓住他！」芭貝大喊：「梅娜德，攻擊！」

幸好，她不太能吸引她們的注意。派波再度下達方塊舞的指示，用奇怪的命令困擾她們。「向左轉，向右轉，去撞頭！坐下來，站起來，倒下裝死！」

滑輪將里歐提到半空中，這時梅娜德聚集到他下方，非常緊密地靠成一團。芭貝跳起來想抓他，她的爪子差一點就碰到他的腳。

「現在！」他低聲對自己說，祈禱他的計時器設定正確。

砰！最近的氣送管朝梅娜德的頭上射出一張金色網子，像降落傘一樣蓋住她們。正中目標。

梅娜德在網子裡掙扎。她們想要脫身，用牙齒和指甲切斷繩索，然而在她們又搥又踢又掙扎的時候，網子改變了形狀，硬化成一個亮金色的方形籠子。

里歐露出笑容。「派波，再按一次按鈕！」

她照做了。音樂停了。派對結束了。

里歐從爪鉤跳到他新完成的籠子上。他重重踩著籠子頂部，這是為了確定它的強度，還好它感覺和鈦金屬一樣堅固。

「放我們出去！」芭貝尖叫：「這是什麼邪惡魔法？」

她衝撞交錯的欄杆，但即使她有超能力，也拿這種金色材質沒輒。其他的梅娜德發出噓聲、尖叫，並用酒神杖敲擊牢籠。

里歐跳到地面。「現在是我的派對了，女士們。那個牢籠採用了赫菲斯托斯的製網工藝，那是我爸調配的小祕方。或許你們聽過這個故事。他逮到他老婆阿芙蘿黛蒂背著他和阿瑞斯來往，於是赫菲斯托斯就將金色網子丟到他們身上，然後公開展示。他們一直被困著，直到我爸決定放他們出來。這網子呢，是用同樣的材質製成的。如果兩位天神都逃不掉，你們想逃是門都沒有。」

里歐真心祈禱自己說的話沒有錯。憤怒的梅娜德在牢籠裡抓狂，她們爬到彼此身上，想要扯掉網子，但都徒勞無功。

派波從梯子上滑下來，來到他身旁。「里歐，你太讚了。」

「是啊，」他看著船上引擎旁邊的數字鐘。他的心往下一沉。「就這麼兩分鐘，然後我就不會讓人覺得讚了。」

「喔，不。」派波的臉垮了下來。「我們必須離開這裡！」

突然間，里歐聽到密庫門口傳來熟悉的聲音，有蒸氣的呼聲、齒輪的嘎吱聲，以及金屬腳在地面上奔跑的喀噠噹啷聲。

「巴福特！」里歐大喊。自動桌冒著氣，呼呼地跑向他，抽屜哐啷作響。

傑生跟在他後面走進來。「在等我們嗎？」

里歐抱住小小的工作桌。「真是對不起，巴福特，我保證不會再視你為理所當然。我只會用特殊保溼配方的檸檬清香味碧麗珠，我的朋友。而且只要你想，隨時都可以！」

巴福特快樂地排出蒸氣。

「嗯，里歐，」派波催促他，「爆炸呢？」

「對了！」里歐打開巴福特前面的抽屜，拿出切分器，然後跑向燃燒室。

二十三秒。喔，好。不急。

他只有一次機會，所以要把事情做對。他小心地把切分器安裝到定位，關上燃燒室，屏住呼吸。引擎開始嗡嗡作響，玻璃圓筒因為熱氣而發亮。要不是里歐不怕火，他知道自己應該已經嚴重曬傷了。

這時船身開始抖動，整間密庫似乎也隨之震動。

「里歐？」傑生緊張地問。

「等著。」里歐說。

「放我們出去！」芭貝在金色籠子裡尖叫，「如果你們殺死我們，戴歐尼修斯會讓你們不好受的。」

「他搞不好會寄謝卡給我們哩。」派波低聲嘟噥，「不過這都無關緊要。我們全都快死了。」

燃燒室在發出喀噠、喀噠、喀噠的聲音同時，一個個腔室也打開了。超級危險的液體和氣體流進切分器。引擎震動。然後熱氣平息下來，抖動也慢慢轉為平靜而讓人放心的低沉顫動。

里歐把手放在船體上，感受魔法能量傳來的連續微震。巴福特乖順地依偎在他腳邊，呼呼地排著蒸氣。

「沒錯，巴福特，」里歐驕傲地轉向朋友。「那是引擎不會爆炸的聲音。」

❖

里歐並不知道自己有多緊張，直到他昏倒了。

他醒過來時，正躺在阿爾戈二號附近的一張吊床上。所有赫菲斯托斯小屋的人都在，他們已經讓引擎的運轉水準穩定下來，並對里歐的天分表示訝異。

他再度站起來時，傑生和派波把他拉到一旁，承諾他們不會把這艘船差點就爆炸的事告訴任何人。沒有人會知道差點讓森林蒸發的大失誤。

不過，里歐還是忍不住顫抖。他差點毀了一切。為了讓自己平靜下來，他拿出檸檬清香味碧麗珠，小心翼翼地擦拭巴福特。接著他拿出備用的切分器，把它鎖在沒有腳的儲藏櫃裡。這是為了以防萬一巴福特再次鬧脾氣。

一小時後，奇戎和阿古士從主屋來到這裡要處理梅娜德。

警衛隊長阿古士是個金髮大漢，全身布滿上百隻眼睛。對於十幾個危險的梅娜德神不知鬼不覺地侵入他的領域，似乎感到很困窘。阿古士沒有說話，但他很明顯臉紅了，而且身上所有眼睛全盯著地上看。

營主任奇戎看起來是氣惱大於憂慮。他往下瞪著梅娜德；這是真的，因為他是半人馬。從腰部以下，他是白色種馬；從腰部以上則是個中年男子，有一頭棕色鬈髮，留著鬍子，背上斜掛著一把弓和箭袋。

「喔，又是她們，」奇戎說：「哈囉，芭貝。」

「我們會消滅你們！」芭貝尖叫：「我們會和你們共舞，餵你們可口的開胃菜，和你們一起狂歡到凌晨，然後將你們撕成碎片！」

「嗯哼。」奇戎看起來不為所動。他轉向里歐和他的朋友。「做得好，你們三個。這些女孩上次來找戴歐尼修斯時惹了一些麻煩，還好你們在她們失控之前就逮住她們。戴歐尼修斯看到她們被抓會很高興的。」

「所以她們真的讓他很厭煩？」里歐問。

「當然囉，」奇戎說：「戴先生厭惡粉絲俱樂部的程度，幾乎就和他厭惡混血人一樣。」

「我們才不是粉絲俱樂部！」芭貝哀號，「我們是他的追隨者、他的選民、他的特使啦！」

「嗯哼。」奇戎又說了一次。

「所以……」派波不安地移動身體。「如果我們必須消滅她們，戴歐尼修斯不會介意嗎？」

「喔，不，他會介意！」奇戎說：「就算他討厭她們，也還是他的追隨者。如果你們傷害她們，戴歐尼修斯就得讓你們發瘋，或殺死你們。或者兩種方式都用。所以，你們做得很好。」他看向阿古士。「和上一次的處理方式相同？」

阿古士點頭。他對著赫菲斯托斯小屋的某個學員比手勢，那名學員就把堆高機開過來，然後抬起籠子。

「你要怎麼處理她們？」傑生問。

奇戎親切地微笑。「我們會送她們到一個感覺自在的地方。我們會把她們送上開往亞特蘭大市的巴士。」

「哎喲，」里歐說：「那地方不是已經有夠多麻煩了嗎？」

「別擔心，」奇戎很有把握地說：「梅娜德很快就能盡情開派對。她們會讓自己筋疲力盡，然後慢慢消聲匿跡，一直到隔年。她們似乎總是在假日前後出現，真是相當傷腦筋。」

梅娜德被帶走了。奇戎和阿古士轉身回去主屋。里歐的學員則因為晚上到了，幫他把九號密庫鎖上。

通常里歐會工作到凌晨，但他覺得這一天的工作量已經夠了。畢竟，今天是耶誕夜，休息也是應該的。

混血營實際上並不會慶祝凡人的假日，但營火前的每個人心情都很好。一些孩子正在喝蛋酒。里歐、派波和傑生決定跳過這種飲料，改喝熱巧克力。他們跟著一起唱歌，看著營火的火花朝天上的星星飄去。

「兩位，你們又救了我的祕密基地一次，」里歐告訴朋友，「謝啦！」

傑生露出微笑。「華德茲，為了你，這不算什麼。你確定阿爾戈二號現在安全嗎？」

「安全？不。但它沒有爆炸的危險。或許吧。」

派波笑了。「太棒了，我現在感覺好多了。」

他們靜靜坐著，享受彼此的陪伴，但里歐知道這只是短暫的平靜。阿爾戈二號必須在夏至之前完成，然後他們就要啟航去進行偉大的冒險，首先是去找傑生的老家，羅馬營。在這之後……巨人在等著。大地之母蓋婭這個天神最有力的敵人正在聚集她的力量，想要摧毀奧林帕斯。為了阻止她，里歐和他的朋友必須航向希臘這個天神的古老家園。里歐知道，在旅途中的任何一刻，他都有可能會死。

不過，此時此刻，他決定好好享受。當你的人生進入倒數計時，準備迎向不可避免的爆炸，這是你唯一能做的事。

他舉起裝了熱巧克力的高腳杯。「敬朋友。」

「敬朋友。」派波和傑生也加入。

里歐一直待在營火旁，直到阿波羅小屋的領唱人建議大家一起跳團康舞。這時里歐決定，今晚就到此為止。

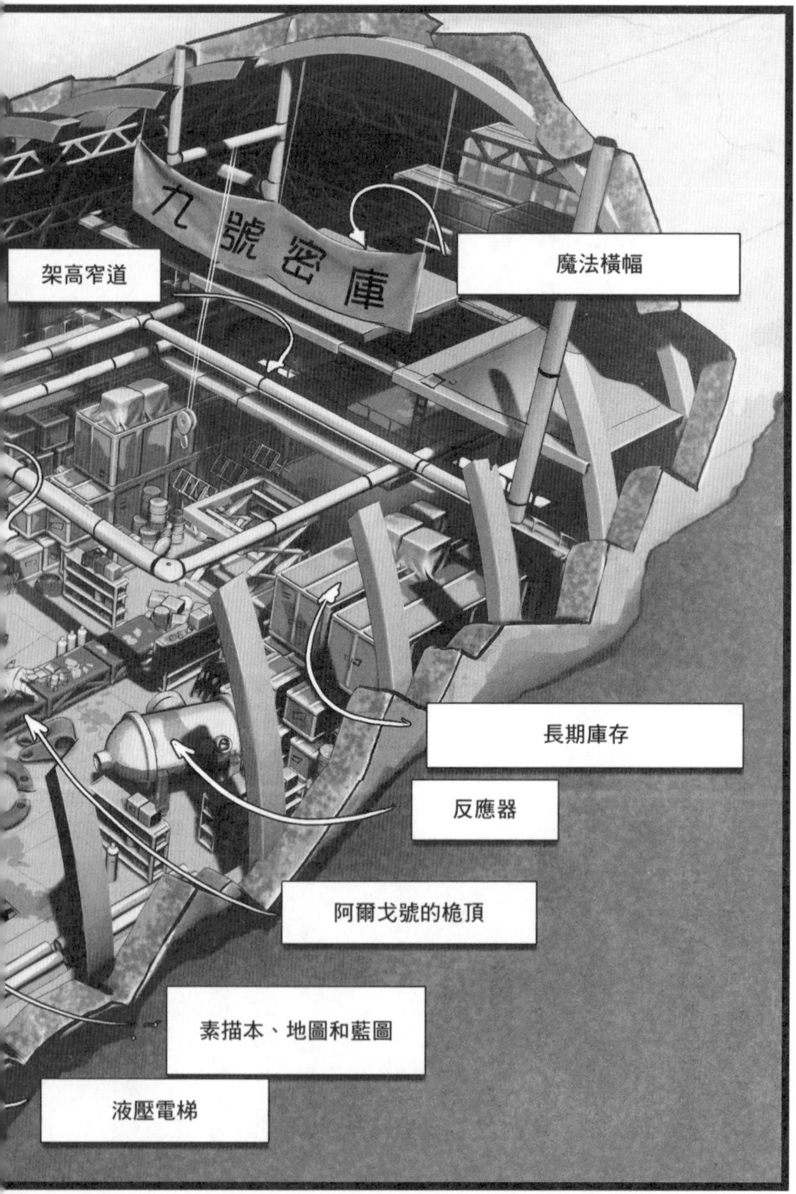
九號密庫
架高窄道
魔法橫幅
長期庫存
反應器
阿爾戈號的桅頂
素描本、地圖和藍圖
液壓電梯

九號密庫內部結構圖

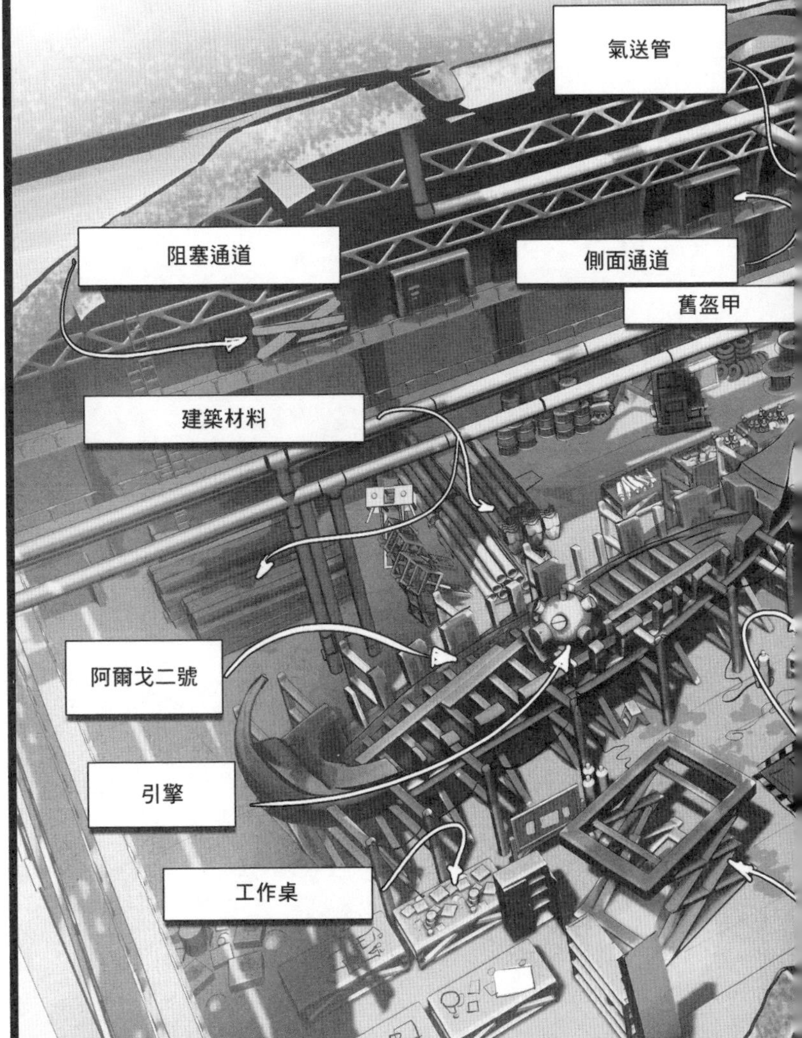
氣送管
阻塞通道
側面通道
舊盔甲
建築材料
阿爾戈二號
引擎
工作桌

大預言

七名混血人

將會回應召喚。

暴風雨或是火焰，

世界必會毀壞。

發誓留住最後一口氣，

敵人擁有通往

死亡之門的武器。

拼字遊戲

重組下方的字彙，
找出哪七個混血人必須團結一起，
實踐預言中的任務！
（答案請見第 202 頁）

SNOJA _ _ _ _ _

ELO _ _ _

IEPRP _ _ _ _ _

FANKR _ _ _ _ _

ZLAHE _ _ _ _ _

ERYPC _ _ _ _ _

NHNETABA _ _ _ _ _ _ _ _

尋字遊戲

根據第 201 頁名稱，找出隱藏在這個字謎裡的字彙。

（答案請見第 203 頁）

N	P	E	R	C	Y	M	D	E	D	E	A	S	W	P	W
M	A	E	N	A	D	G	I	O	S	A	B	N	A	I	L
F	N	A	U	P	I	I	O	J	N	E	G	L	R	P	P
R	N	T	V	B	Q	L	E	O	Q	A	Z	G	E	E	P
A	A	E	U	U	B	H	C	W	I	A	G	O	E	R	L
H	B	S	R	F	T	U	O	L	I	E	E	I	O	R	E
P	E	R	L	O	C	V	A	W	K	P	G	G	D	E	U
V	T	A	R	R	T	H	Q	U	L	A	R	T	I	L	C
R	H	M	O	D	T	A	L	I	I	A	U	E	A	S	R
N	I	A	H	M	Y	L	N	P	Z	N	N	I	R	T	O
C	A	L	G	C	H	C	U	P	C	O	T	Q	Y	F	T
G	O	T	I	F	H	Y	U	I	U	O	T	E	Y	K	A
I	G	H	R	L	E	O	F	K	S	J	A	S	O	N	E
R	L	E	U	C	R	N	T	A	E	A	A	N	N	D	O
E	P	I	R	L	M	A	J	L	O	I	C	A	C	U	S
S	N	A	T	H	E	F	E	S	T	U	S	D	S	E	R
T	O	P	Z	E	S	C	E	L	E	S	T	I	A	L	H

AEGIS	DAGGER	LEO
AMALTHEIA	DIARY	LEUCROTAE
ANNABETH	FESTUS	LUKE
ARGO	HALCYON	MAENAD
BUFORD	HALF BLOOD	PERCY
CACUS	HERMES	PIPER
CELESTIAL	JASON	THALIA

拼字遊戲解答

（題目詳見第 199 頁）

JASON（傑生）

LEO（里歐）

PIPER（派波）

FRANK（法蘭克）

HAZEL（海柔）

PERCY（波西）

ANNABETH（安娜貝斯）

尋字遊戲解答

（題目詳見第 200 頁）

N	P	E	R	C	Y	M	D	E	D	E	A	S	W	P	W
M	A	E	N	A	D	G	I	O	S	A	B	N	A	I	L
F	N	A	U	P	I	I	O	J	N	E	G	L	R	P	P
R	N	T	V	B	Q	L	E	O	Q	A	Z	G	E	E	P
A	A	E	U	U	B	H	C	W	I	A	G	O	E	R	L
H	B	S	R	F	T	U	O	L	I	E	E	I	O	R	E
P	E	R	L	O	C	V	A	W	K	P	G	G	D	E	U
V	T	A	R	R	T	H	Q	U	L	A	R	T	I	L	C
R	H	M	O	D	T	A	L	I	I	A	U	E	A	S	R
N	I	A	H	M	Y	L	N	P	Z	N	N	I	R	T	O
C	A	L	G	C	H	C	U	P	C	O	T	Q	Y	F	T
G	O	T	I	F	H	Y	U	I	U	O	T	E	Y	K	A
I	G	H	R	L	E	O	F	K	S	J	A	S	O	N	E
R	L	E	U	C	R	N	T	A	E	A	A	N	N	D	O
E	P	I	R	L	M	A	J	L	O	I	C	A	C	U	S
S	N	A	T	H	E	F	E	S	T	U	S	D	S	E	R
T	O	P	Z	E	S	C	E	L	E	S	T	I	A	L	H

雷克・萊爾頓的話

《波西傑克森》一開始是我說給兒子海利聽的床邊故事。在二〇〇二年春天，海利剛上一年級，他就在學校碰到了麻煩。我們很快發現他有注意力不足過動症和閱讀障礙，這讓他難以專注在閱讀上，但他真的很喜歡希臘神話，而我已經在中學教這門課很多年了。為了讓他對閱讀保持興趣，我開始在家對海利講述神話故事。當我說完所有故事的時候，他要求我編出新的故事。結果就是波西・傑克森了，一個受我兒子努力過程所啟發、生活在現代且有注意力不足過動症和閱讀障礙的混血人。

這些年來，海利和波西一起長大。波西變成了英雄，海利也做過一些相當英勇的事。他學會克服學習障礙，在學校表現優異，變成大量閱讀的讀者，而且最讓我訝異的是，他決定要自己寫書。他最近剛完成第一本小說的初稿，長度比我之前寫過的故事都要長！我也必須承認，他的寫作技巧和十六歲時的我相比，領先了好幾光年。

在寫這本書的時候，海利和波西同年，兩人都是十六歲。他們兩人一路走來有這樣的成績，實在讓我很訝異。當我在規畫這本書裡的故事時，我突然靈光一閃，海利可能對波西的世界有話要說。畢竟，是他啟發了這個故事。如果不是他的鼓勵，我永遠不會寫下《神火之賊》。

我問海利是否願意為《混血人日記》貢獻一篇故事，他立刻接受挑戰，成果就是〈魔法之子〉，他在這篇故事中為波西的世界開拓出新的領域。他的故事是以一個讓人好奇的問題為基礎，即《終極天神》裡，那些在克羅諾斯陣營裡奮戰的混血人後來有什麼樣的遭遇？

你即將遇到他們之中的一位混血人，你也會稍稍了解「迷霧」如何運作，以及為什麼怪物能「嗅」到英雄。我真希望自己也能想出這些點子！

海利和我繞了一圈又在此交會，似乎是再自然不過的事。這個當初激勵我創造出波西．傑克森的男孩，現在也開始自己創作波西的世界。我很榮幸能介紹〈魔法之子〉，我兒子海利．萊爾頓的處女作。

魔法之子

海利・萊爾頓著

「通常我會邀請民眾在我演講結束時發問，但這次我有個問題想問大家。」他往後退一步，想要和上千名聽眾的每個人做眼神接觸。「當你死的時候，會發生什麼事？這個問題似乎很幼稚，對吧？不過有人知道答案嗎？」

一片沉默，一如預期……

柯雷默博士並不期望有人在他剛演講結束就能立刻回答問題。他甚至懷疑有誰敢嘗試。

可是和往常一樣，有人戳破了他的希望。

這次是個坐在聽眾席前面、滿臉雀斑的棕髮男孩。柯雷默認得他，他是那個在停車場朝他跑過來，說自己是如何崇拜他、又如何讀過他所有作品的超級粉絲……

「是？」柯雷默博士問他：「你認為自己知道答案？那麼請說，我們迫不及待想聽聽看。」

之前那麼精力充沛的男孩子，現在似乎舌

頭打結了。

柯雷默知道這樣作弄一個無辜的孩子很殘忍，但他也知道這是必要的。柯雷默只是一個演員，角色就像魔術表演裡很會玩雜耍的人，表演的目的是為了資助者。而這個男孩剛好志願成為他表演的一部分。

這時，全場聽眾都盯著這個男孩看。坐在他旁邊的男人（柯雷默猜想是男孩的父親），在座位上不安地移動身體。

這麼多人在注意他，柯雷默懷疑這個孩子是否還有力氣呼吸。他看起來如此脆弱——骨瘦如柴，舉止笨拙，在學校可能是很多人嘲笑的對象。

不過看起來虛弱的男孩這時有了驚人之舉。他站起來，發出聲音。

「我們不知道。」男孩說。他全身在顫抖，但眼睛仍迎向柯雷默的目光。「你批評了人們談論來生的每個論點。經過這麼多研究之後，你為什麼還要問我們？你自己還沒找到答案嗎？」

柯雷默沒有立即反應過來；要是男孩說出「天堂」或「輪迴」等字眼，他能像甩鞭一樣立刻回答，但這次的發言不一樣，這些話讓他的動作戛然停住。聽眾面露責難地把目光轉向他，彷彿他們發現緊抓著男孩的簡單字眼，要比追隨柯雷默的畢生著作要簡單多了。

然而就像任何優秀的特技演員一樣，柯雷默有備用計畫。他沒有讓空白的時間超過五秒鐘。時間要是拖長了，他會看起來很緊張；時間要是太短，會讓人以為他在斥責對方。就在適當的停頓之後，他說出事前演練過的回應。

「我會問大家這個問題，是因為我自己也在尋找答案。」他一邊抓住講台、一邊說：「而最複雜的真相有時來自最簡單的地方。在我臨終臥床時，我想要堅定而確實地知道前方有什麼在等我。我相信你們每個人都會同意這點。」

聽眾鼓掌。柯雷默等待掌聲停下來。

「我的新書《死亡之路》即將出版。」他說出結語，「如果你們想知道更多，我很榮幸向你們推薦這本書。現在我祝你們晚安，希望你們都找到自己在尋找的答案。」

聽眾裡面有幾位站起來鼓掌。柯雷默露出最後一抹微笑之後便走下台。但一離開他們的視線，他的臉馬上沉了下來。

這就是他目前的人生狀態，就像馬戲團的動物一樣，在一個接一個活動中展出。他是個空想家，但同時也是個笑話。聽眾裡面或許只有十幾個人能稍微了解他的作品。他知道會接受的人甚至更少。

粉絲這麼無知讓他覺得很厭惡。

「柯雷默先生！」主辦人在後台快步走來，柯雷默把愁容轉為笑容，畢竟她是付錢給他的人。

「你的演講很成功，柯雷默先生！」她說著，整個人幾乎要從高跟鞋裡跳出來。「我們從來沒看過這麼多聽眾！」

等到女人在高跟鞋上站穩了，柯雷默很驚訝她的體重竟然沒有壓碎高跟鞋。這或許是很沒禮貌的想法，但這女人幾乎和他一樣高，而他可是公認的高個子。形容她的最好方式，就是刻板印象中會烤餅乾、織毛衣的老奶奶，不過她的體型比大多數老奶奶要大得多。而且她實在有夠熱情，幾乎到了飢渴的地步。對什麼飢渴呢？他不禁猜想。柯雷默的猜測是更多的餅乾。

「謝謝你，」他咬著牙說：「但請叫我柯雷默博士。」

「嗯，你很棒！」她齜牙咧嘴地笑著，「你是我們碰過第一個能讓票全數賣光的作者！」

像這樣的小鎮禮堂，我當然能填滿啊，柯雷默心想。不只一位評論者稱他是英國物理學家霍金之後最偉大的思想家。他還是小孩子的時候，就用三寸不爛之舌讓自己在同儕和老師眼中，達到幾乎和神差不多的地位。現在他是政治人物和科學家景仰的對象。

「我宣揚真相，而人們渴望關於死亡的真相。」他引述新書的內容。這女人似乎有點神魂顛倒，毫無疑問會再花好幾個小時繼續稱讚他，但她的功能已經完成了，所以柯雷默利用機會道別。「現在請容我告辭回家，拉米亞女士。晚安。」

講完這些話，他走出建築物，進到有著涼爽空氣的夜色中。

這裡是基士維，紐約州的荒涼地區，要不是他在這裡有家，永遠也不會答應來這裡演講。他搬到這裡是為了追求寫作的寧靜，但這座大禮堂在這古怪的小鎮裡顯得格外刺眼。

這裡的人口才兩千多，所以柯雷默猜想，今晚爆滿的聽眾應該是來自紐約州的其他地方。他的演講是特別的活動，畢生難得的機會。但對柯雷默來說，這只是額外的工作，是出版社要求的事項之一。這只是另一個上班日。

「柯雷默博士，等一下！」有個聲音在後面叫他，可是他沒有理睬。如果那不是他的贊助者，他就沒有必要回答。沒有意義……活動已經結束了。然而這時有人抓住他的手臂。

他轉過身，怒目而視。是那個男孩，那個剛剛他想要愚弄的男孩。

「柯雷默博士！」男孩喘著氣說：「等等，我得問你一些事情。」

柯雷默張開嘴巴想要斥責這個男孩，不過他停住了。男孩的父親站在他身後幾公尺的地方。至少，柯雷默認為那是他父親，他們有著同樣的棕色頭髮和瘦長體型。

他認為這男人應該責罵他孩子的無禮，但他只是茫然地看著柯雷默。

「喔，好啊，哈囉。」柯雷默朝著那位父親擠出笑容，然後說：「這是你兒子嗎？」

「他只是想很快地問你一個問題。」那位父親茫然地說。

柯雷默不情願地把目光移到男孩身上。那男孩和他父親不同，眼裡有著熊熊燃燒的堅定決心。

「我想這是我的錯，」柯雷默用盡可能文明的聲音說：「我應該在演講結束後讓你有更多時間發言。」

「這很重要，」男孩說：「所以即使聽起來很怪，還是請您嚴肅地看待，好嗎？」

柯雷默壓抑住想要轉身離開的衝動。他不喜歡沉迷的人，但他的公眾形象對書的銷售很重要。他不能讓這個男孩的白痴父親告訴全世界，他們受到極度漠視。

「問吧，」柯雷默說：「我會全神貫注聆聽。」

男孩挺直身體。雖然他瘦得像樹枝，站起來卻幾乎和柯雷默一樣高。

「如果有人找到阻止死亡的方法，那會發生什麼事呢？」

柯雷默頓時覺得很害怕，因為男孩的聲音變了。他的聲音不再緊張，而是像石頭那樣厚重、冷硬。

「那是不可能的，」柯雷默說：「所有生物都會隨著時間衰敗。到了某個時間點，我們的身體就會失去功能。那是……」

「你沒有回答問題，」男孩打斷他，「請告訴我你真誠的意見。」

「我沒有意見，」柯雷默反駁，「我不是小說家。我不會讓自己沉迷於不可能的事情。」

男孩皺起眉頭。「太可惜了。爸，紙呢？」

那男人從口袋裡拿出一張紙，交給柯雷默。

「這是我們的聯絡方式，」男孩說：「如果你想出來了，打電話給我，可以嗎？」

柯雷默盯著他，努力不讓自己的困惑顯露出來。「你沒有聽懂我的話，對吧？我無法回答你的問題。」

男孩用嚴肅的眼神看著他。「請想想看，柯雷默博士。因為如果你不想，我就會死掉。」

❖

在開車回家的路上，柯雷默不時看著後照鏡。真的，他太可悲了。那男孩只是想讓他感到氣餒而已。他不能讓自己因為那種事而忐忑不安。

等到他把車開上自家車道，他覺得自己已經忘掉這件事，不過他還是設定了家裡的保全。

柯雷默獨自住在自己設計的房子裡。建築是他擁有的眾多才華之一，他想要讓自己的房子在各方面都能反映自己。這房子線條俐落，摩登造型令人印象深刻，而且坐落的位置離道路有段距離。保全錄影鏡頭和木柵隔起來的窗戶保護了他的隱私，至於房屋內部，家具陳設簡單，安靜又舒適。

他沒有妻兒，屋子裡沒有人會打擾他。連隻貓都沒有。尤其是沒有貓。這是他的綠洲，也是他獨有的綠洲。待在這裡總能讓他緊張的神經平靜下來。

沒錯，這棟漂亮的房子能讓他的思緒遠離那個男孩。但沒多久他就發現自己還是坐在書桌前，看著那位父親給他的名片。

阿拉巴斯特・C・托靈頓
莫洛巷，二七三號
五一八—五五五—九五三〇

電話區碼「五一八」表示他們可能也住在基士維。柯雷默想起進城的半路上的確有條莫洛巷。阿拉巴斯特・托靈頓是男孩，還是父親？阿拉巴斯特是個相當老派的名字，現在已經不常聽到了，畢竟大多數父母會注意不要以石頭來幫孩子取名字。❽

柯雷默搖搖頭。他應該丟掉名片，把這件事忘掉。史蒂芬・金的恐怖小說《戰慄遊戲》的場景不斷出現在他腦海裡，但他告訴自己，設立警報系統的目的就是為了這個：讓鬼祟的粉絲無法靠近。半夜裡他家的門只要被人敲那麼一下，警察就會立刻趕到。

而且柯雷默也不是毫無防備。他收藏的武器相當可觀，就藏在房裡的各個角落。你再怎麼小心也不為過吧。

他嘆了口氣，把那張紙丟進桌上一堆廢紙裡。對他來說，在活動中遇到奇怪的人是家常便飯。畢竟，只要有一個不怎麼聰明的人買他的書，就有至少三個人以為那是節食指南而拿起他的書來看。

關鍵是，柯雷默不是和那些人一起待在黑暗的巷子裡。他很安全，他在家裡，再也沒有比這裡更好的地方了。

他自顧自的笑了起來，往後靠在工作椅上。「對，沒什麼好擔心的。」他告訴自己，「這只是另一個上班日。」

這時電話突然響起來，柯雷默的笑容消失了。

這個時候是想幹嘛？已經快十一點了，任何明白事理的人現在不是在睡覺，就是窩著看本好書。

他想著不要接，但電話一直響；這實在很奇怪，照理說，語音信箱應該會在響了四聲之後開始運作。慢慢地，好奇心戰勝了。

他站起來，走向大廳。為了保持簡潔，他在房子裡只裝了一支市內電話。來電顯示為瑪麗安．拉米亞，五一八—五五五—四一六四。

拉米亞……是那個安排這場活動的女人。

他皺起眉頭，不情願地拿起話筒，然後坐到沙發上。

❽阿拉巴斯特的英文 Alabaster 是雪花石膏的意思。

「喂，你好，我是柯雷默。」他不想隱藏語氣中的不耐。這是他家，強迫他接電話並不比親自闖入好到哪裡去。他希望拉米亞有很好的理由。

「柯雷默先生！」她叫他名字的聲音，就好像在宣布他中了樂透。「哈囉，哈囉，哈囉！你好嗎？」

「你知道現在幾點了嗎，拉米亞小姐？」柯雷默用他所能發出最嚴厲的聲音問：「你有什麼重要的事情要告訴我？」

「是啊，我有！事實上，我想立刻跟你討論這件事！」

他嘆了口氣。這人只花短短三十秒，就讓他從稍稍的不耐轉為勃然大怒。

「喔，那就別只是無意義地大聲嚷嚷，」他咆哮著：「快說！我很忙，被人打擾時我是沒辦法親切的。」

電話裡一陣沉默。柯雷默幾乎相信自己已經把她嚇跑。不過最後她還是說話了，只是聲音冷淡許多。

「很好，柯雷默先生。那我們就不說客套話了，如果你想要這樣的話。」

他差點笑出來。聽起來這女人就是一副想要威脅他的樣子。

「謝謝。」柯雷默說：「你到底想要什麼？」

「你今天晚上遇到一個孩子，他給了你某樣東西。」拉米亞說：「我要你把那個東西交給我。」

他皺起眉頭。她怎麼會知道那個男孩?她在監視他嗎?

「我不喜歡你跟著我,不過我猜,到這個地步已經不重要了。那孩子給我的只是一張上頭有他住址的紙。我並不想把它交給昨天才第一次碰面的你。」

又是一陣沉默。就在柯雷默想掛掉電話時,那女人問:「你相信神嗎,柯雷默先生?」

他翻白眼,對這女人感到很厭惡。「你不知道要適可而止,對吧?我不信任何看不到或感覺不到的東西。所以如果你是問我宗教問題,答案是『不』。」

「太可惜了,」她說,聲音小到幾乎像在竊竊私語,「這會讓我的工作變得比較困難。」

柯雷默重重地掛上電話。

這女人有什麼毛病啊?對話一開始她幾乎是在說:「我一直在跟蹤你。」接著她又想要說服他信教。就算是善良的老奶奶,這樣也太過分了。

電話再度響起,來電顯示為拉米亞,但柯雷默完全沒有想要接聽的意願。他拔掉電話線,這事情就到此為止。

或許明天他應該向警方報案。很明顯,拉米亞女士瘋了。究竟她想要男孩子的住址做什麼？她又想對他做什麼？

柯雷默不禁顫抖。他突然有股奇怪的衝動想去警告那個孩子。可是不對，這不是他的問題。如果兩邊的神經病想要互相殘殺，那就讓他們如願吧。他才不想踏進火線。

特別是今晚。今晚，他需要睡一覺。

❖

柯雷默知道，好奇與興奮會扭曲一個人的夢境，不過這無法解釋他作的這個夢。

他發現自己處在一個巨大的房間裡，古老而斑駁，看起來像是已經有一百年沒有打掃的教堂。這裡沒有燈，只有房間另一頭有道淡淡的綠光。他面前的走道上站著一個男孩，因剛好擋住光源而顯得模糊難辨。雖然柯雷默沒辦法看得很清楚，但很確定他是禮堂裡的那個男孩。他出現在柯雷默的夢裡做什麼？

柯雷默是人們所謂能作清醒夢的人，這類人通常知道自己在作夢，而且想要的話隨時可以醒來。他如果想要，現在就可以弄醒自己，但他決定還不要這麼做。他覺得很好奇。

「她又找到我了。」男孩說。他不是在對柯雷默說話；他背對柯雷默，似乎在對綠光講話。「我不知道這次能不能擊退她。她追著我的氣味一路逼近。」

過了一陣子都沒有回話。然後，終於有個女人的聲音從房間前面傳來。她的聲調沒有表情，更別說幽默，卻有某種東西讓柯雷默的背脊一陣發涼。

「你知道我不能幫你，我的孩子，」她說：「她是我女兒。我不能動手對付你們其中任何一人。」

那男孩緊張得像是想要爭辯，但他克制了自己。「我……我了解，母親。」

「阿拉巴斯特，你知道我愛你，」女人說：「但這是你自己引起的戰爭。你接受了克羅諾斯的祝福，以我的名義和他的軍隊並肩作戰。現在你不能就這樣跑去向你的敵人請求原諒。他們永遠不會幫你。我和對方打交道，設法保住你的性命到現在，但我不能介入你和她之間的戰爭。」

柯雷默皺起眉頭。克羅諾斯這個名字應該是指希臘神話中的泰坦巨神，是天空之父與大地之母的兒子，不過其他的話對他來說完全沒有意義。柯雷默原本希望從夢裡得到一些啟發，現在聽起來都像廢話，以及更多的神話和傳說。這只不過是些無用的幻想。

這男孩，阿拉巴斯特，往前走向綠光。「克羅諾斯不應該輸掉！你說過獲勝機率較高的是泰坦這邊！你告訴我混血營會被摧毀！」

男孩移動身體之後，柯雷默終於能看見與他交談的那個女人。她跪在走廊末端，臉朝上，就像對著聖壇上方骯髒的彩繪玻璃窗祈禱。她穿著白色長袍，上頭過度裝飾著銀色圖樣，很像神祕記號或化學符號。她的一頭黑髮差不多到肩膀的位置。

雖然跪在滿地汙垢塵土上，這女人看起來完美無瑕。事實上，光的來源就是她。綠色微光像是光環般地圍繞著她。

她講話的時候沒有看著男孩。「阿拉巴斯特，我只是告訴你最有可能的結果。我沒有承諾你這一定會發生，只是要讓你看看有哪些選擇，這樣你才能為即將發生的事情做好準備。」

「好了，」柯雷默終於說話：「我受夠了。立刻結束這個荒謬的故事！」

他希望能立刻醒過來，但不知道什麼原因，他並沒有。

男孩轉過身來，驚訝地注視著他。「你？」他轉身面對跪著的女人。「他為什麼在這裡？凡人不該踏進這間天神的房子！」

「他會在這裡是因為我邀請他進來，」女人說：「你曾要求他幫忙，不是嗎？我只希望他如果能更了解你，就會願意……」

「夠了！」柯雷默說：「這太荒謬了！這不是真的！這只是夢，身為夢的創造者，我要求立刻醒來！」

女人還是沒有看他，但她的聲音聽起來滿愉快的。「很好，柯雷默博士。如果這是你想要的，我就讓它發生。」

❖

柯雷默睜開眼。陽光從臥室窗戶射進來。

奇怪……在夜深人靜時，通常當他選擇結束夢境，他會立刻醒來，為什麼現在是早晨？

嗯，如果有任何啟示，就是這個夢讓昨天的男孩顯得很沒有威脅性。克羅諾斯的祝福？天神的房子？聽起來阿拉巴斯特比較像在玩角色扮演，而不是瘋狂神經病。泰坦巨神？柯雷默強忍住笑意。那他是什麼？五歲小孩嗎？

柯雷默感覺放鬆了，也恢復精神。應該要開始早上的例行公事了。

他溜下床，沖了個澡，穿上平常的服裝，是和他昨晚演講時同樣風格的衣服：寬鬆長褲、西裝襯衫、亮面棕色帆船鞋。柯雷默認為還是要穿得很體面。他套上斜紋軟呢外套，開始整理東西。

筆電：帶了。皮夾：帶了。鑰匙：帶了。

然後他停住了。他還需要一樣東西。這是完全沒必要的謹慎，但這能讓他的心靈平靜下來。他打開書桌抽屜，拿起最小的手槍，一把九釐米手槍，然後把它放進外套口袋裡。

昨晚那個男孩阿拉巴斯特嚇到他了，驚嚇的程度大到柯雷默沒有寫任何東西就躺上床，這點讓他現在覺得無法忍受，因為他的交稿日期已經逼近。他不能讓任何瘋狂的粉絲影響到他的心情和寫作。如果這表示他必須帶一條讓人心安的小毯子，那麼他會這樣做。

❖

黑的咖啡。這店名是最糟的那種雙關語，但柯雷默還是每天報到。畢竟，要在基士維喝咖啡，這裡是最佳地點。另外，這裡是基士維唯一的咖啡館……

也因此他已經和老闆很熟了。他一踏進店裡，黑魁梧率先向他問候：「霍華！你好嗎？和平常一樣？」

黑魁梧……唔，很魁梧。他有肥嘟嘟的臉，碩大的手臂上有刺青，總是一臉陰沉的樣子，應該毫不費力就能加入飛車黨。他身上那件「親吻廚師」的圍裙，是唯一讓他看起來像是該待在櫃檯後方的東西。

「早安，」柯雷默回答，在櫃檯前拉了椅子坐下，接著拿出筆電。「是的，請照舊。」

他已經寫到四十六章，這讓他的工作輕鬆許多。不需要再顧慮讀者了，如果他們這時候還抓不到重點，那就是沒有慧根。

咖啡和藍莓派出現在他眼前，但柯雷默幾乎沒發現。他沉浸在自己的世界裡，手指在鍵盤上飛舞，文字和想法以一種幾乎無法理解的方式同時出現，不過柯雷默知道，這就是天分。

咖啡慢慢地喝光了，派也只剩下幾小塊。其他的顧客來來去去，卻沒有人打擾柯雷默。現在除了他的作品以外，其他的都不重要。這是他的生活目標。

但這時一個女人在他身旁坐下，打破他的一人世界。

「柯雷默，真意外啊！沒想到會在這裡遇到你！」

他的內心湧出一股強烈的敵意。他按下Ctrl+S鍵，然後闔上筆電。「拉米亞女士，如果我不是個文明人，我會把你屁股底下的椅子抽掉。」

她噘起嘴，用小狗般的眼神看著他，就這個年紀的女人來說，那不太有說服力。「柯雷默先生，你不怎麼友善喔，我只是想跟你打招呼而已。」

他瞪著她。「是柯雷默博士。」

「抱歉，」她敷衍地說：「我老是忘記……我不擅長記名字，你明白的。」

「我對你的唯一要求就是請你離開我的視線，」他說：「我拒絕加入你所屬的任何教派。」

「我只是想跟你談談，」她很堅持，「但不是關於神，而是那個男孩，阿拉巴斯特。」

他狐疑地看著她。她怎麼會知道那男孩的名字？柯雷默在昨晚的電話裡並沒有提到呀。

拉米亞女士露出笑容。「我在找阿拉巴斯特已經有一段時間了。我是他的姊姊。」

柯雷默笑了出來。「你可以編個更好一點的謊言嗎？你比那男孩的父親還老耶！」

「嗯，外表是會騙人的。」她的眼睛看起來亮得很不自然，發著綠光，就像柯雷默夢裡的那道光。「那個男孩把自己隱藏得很好，」她繼續說：「我必須承認，他在 magia occultandi 方面表現得較好。我希望你的演講能吸引他來，事實上也的確發生了。不過在我抓到他之前，他設法逃跑了。給我他的地址，我就還你平靜。」

柯雷默想要保持冷靜。她只是個瘋狂的老女人，盡說些無意義的話。雖然magia occultandi……柯雷默知道那是拉丁文，意思是「隱藏的魔法」。究竟這女人是誰，為什麼她想抓到那個男孩？很明顯的，她想傷害阿拉巴斯特。

就在柯雷默瞪著她時，他注意到其他事情……拉米亞女士沒有眨眼睛。他曾經看過她眨眼睛嗎？

「你知道嗎？我受不了，也受夠了這件事。」柯雷默的聲音不由自主地顫抖。「黑，你在聽嗎？」

他看向櫃檯後方的魁梧。不知道什麼原因，魁梧沒有回應。只是繼續擦著咖啡杯。

「喔，他聽不到你說話。」拉米亞的聲音變小，如同他昨晚在電話裡聽到的那種刺耳低語。「我們可以隨意控制『迷霧』，他甚至不知道我在這裡。」

「迷霧？」柯雷默問：「你在說什麼啊？你一定瘋了！」

他站起來，本能地往後退，然後把手放在外套口袋上。「魁梧，請在這女人完全毀掉我的早晨之前，把她踢出去！」

魁梧沒有回應。這名大漢直直地往前看，就好像柯雷默不在那裡一樣。

拉米亞驕傲地對他微笑。「你知道嗎，柯雷默先生，我想我以前從來沒碰過這麼自大的凡人。或許你需要我示範給你看。」

「你不了解嗎，拉米亞女士？我沒有時間做這種事情！我現在就要離開，至於……」

他沒有時間把話說完，拉米亞就站了起來，她的形體開始閃爍。最先改變的是她的眼睛，她的虹膜擴大，散發出暗綠色的光芒。她的瞳孔瞇成像蛇一般的細長條。她伸出一隻手來，手指立刻枯萎、變硬，指甲變成蜥蜴般的爪子。

「我現在就能殺掉你，柯雷默先生。」她低聲說。

等等……不，這不是低語。它聽起來更像蛇類的嘶嘶作響。

柯雷默從口袋裡掏出槍，並瞄準拉米亞的頭。他不了解發生了什麼事，或許是他的咖啡裡有某種迷幻藥。但他不能讓這個女人（這個生物）擊敗他。

那些爪子可能是幻覺，但她還是準備攻擊他。

「如果我毫無防備，你真的以為我會在瘋子前面表現得這麼自負？」他問。

她發出咆哮，一邊走向前，一邊舉起她的爪子。

柯雷默以前從來沒有開過槍，可是他的本能接管了身體。他扣下扳機。拉米亞搖搖晃晃，發出嘶嘶聲。

「生命真是脆弱的東西，」他說：「或許你之前應該先看一下我的書！我這純粹是自衛行為！」

她再度往前衝。柯雷默又朝著女人的頭開了兩槍，她終於倒在地上。

他原本以為會有更多的血……不過這不重要。「你……你看到了，對吧？魁梧？」他質問，「這是無法避免的事！」

他轉身看著黑先生，隨即皺起眉頭。魁梧還在擦咖啡杯。

魁梧沒有理由聽不到槍聲。這怎麼可能？怎麼可能？

接著另一件不可思議的事情發生了。躺在他下方的屍體開始移動。

「我希望你現在明白了，柯雷默先生。」拉米亞站起來，用她剩下的那隻像蛇一般的眼睛瞪著他。她臉的左半邊完全被轟掉了，原本應該出現血和骨頭的地方，卻只是一層厚厚的黑色沙子。

看起來就好像柯雷默剛剛摧毀的只是沙堡的一部分，即使如此，那部分的沙堡也在慢慢恢復形狀。

「你用凡人的武器攻擊我，」她嘶嘶說著，「就代表你對黑卡蒂的孩子宣戰！我是不會小看戰爭的！」

這……這不是夢，或是藥物引起的幻覺等等。這是不可能的……這怎麼會如此真實？她怎麼還活著？

專心！柯雷默告訴自己。很明顯這是真的，因為它剛剛發生了！

柯雷默是一個有邏輯的人，因此他接下來做了一件很合乎邏輯的事。他抓起槍，拔腿就跑。

❖

他上一次看到車輪被鎖已經是好幾年前的事，當時他開著租來的車在曼哈頓違規停車，但現在，沒錯，特別是這個早上，他的車子輪胎也被鎖上了。開車離開再也不是選項。

拉米亞向他逼近。她拖著腳步走出咖啡館，左眼慢慢重生，變回一隻怒目而視的眼睛。

一輛汽車經過，柯雷默揮手想要攔住它，但就像黑先生的狀況一樣，司機似乎完全沒有注意到他。

「你還不了解嗎？」拉米亞發出嘶嘶聲，「你的凡人同類看不見你！你是在我的世界裡！」

柯雷默沒有爭辯，他相信她的解釋。

她搖搖晃晃地走向他，不疾不徐。她現在看起來不太像蛇，反而比較像是在玩弄獵物的貓。

他絕對不可能擊敗她的。他只剩下五顆子彈。如果朝著她的頭發射的三顆子彈都阻止不了她，他懷疑還有其他威力小於手榴彈的武器能辦到。

不過他有一項優勢。雖然他怎麼看都不像是運動員，但拉米亞看起來連從沙發走到冰箱都很困難。因此他可以跑，而且跑得比她還要遠，不管她是哪一種怪物。

她現在大約距離三公尺遠。柯雷默對她擠出挑釁的笑容，然後轉身沿著大街奮力往前跑。市中心只有十幾家店，街道也過於開闊，他要是能轉往第二大道，或許就可以在某條後街甩掉她。然後他立刻回家，啟動保全，與警方聯絡。一旦他到了那裡，就可以……

「Incantare: Gelu Semita!」拉米亞在他身後吶喊。

那是拉丁文……咒語。她在背誦某種魔咒。

他還來不及翻譯那句話的意思，四周的溫度似乎降了十幾度。即使天空萬里無雲，卻開始下起冰雹。他轉身一看，拉米亞已經消失了。

「咒語：霧之道路……」他大聲翻譯出來，口鼻冒著蒸氣。「真的嗎？她使用魔法？這太荒謬了！」

這時她的聲音從他後面出現：「你真是個聰明人，柯雷默先生。現在我知道為什麼我弟弟想要找你了。」

他往聲音出現的方向轉過身，還是不見人影。

想跟他玩遊戲……好吧。他除了逃跑，還得做些其他的事。她不是人類，但他還是可以像對付任何對手一樣對付她。他可以觀察對手，找到她的弱點。

然後，他再想辦法逃跑。

他把手往外伸向冰雹。「十分鐘前我完全不知道這種事可能會發生，不過我現在了解一件事：如果你的能耐就只有這樣，難怪我們沒看過更多像你這樣的怪物！」他露出笑容。「我們一定是把他們都殺光了！」

她憤怒地發出嘶嘶聲。冰雹下得更加猛烈，讓空氣中充滿冰冷的霧氣。他掏出手槍，以防她從任何角度衝過來。

雖然他不喜歡幻想小說，他還是花了一點時間研究古老的信仰。咒語其實是很簡單的概念：如果你說某件事時的背後有足夠的力量，那它就會成真。

這個咒語一定是某種改變位置的魔咒。要不然她就不會用 semita 這個字。她在為自己造出一條路徑，這些冰就是移動的方式，讓她的位置變得模糊難辨，這樣柯雷默就很難移動，或是猜測她的下一次攻擊。

這一切本來是讓他感到氣餒的，可是他強迫自己要專心。他腳下的地面現在全是冰。他站住不動，仔細聆聽，他知道對方會利用機會發動攻擊。

她或許一直在玩弄他，但柯雷默可不想死在像她那樣的笨蛋手上，尤其如果她輕易就對他的奚落信以為真的話……

柯雷默聽到她的高跟鞋踩在冰上發出的嘎吱聲音，這洩漏了她的行蹤。他立刻轉身，往旁邊一閃，這時她的爪子剛好刷向他剛才站著的位置。在她還沒站穩之前，他開了槍。

她左邊的膝蓋骨爆炸開來，化成一陣黑色塵土，冰雹也逐漸減弱。拉米亞腳步蹣跚，但從她臉上的表情看來，這個傷勢並沒有對她造成困擾。

她腿的下半部已經瓦解，不過現在又開始重新組合。

這次他並不期望能殺死她。他謹慎地觀察她癒合的過程，計算她重生的時間。他估計，用一顆子彈大概可以幫自己爭取一分鐘的時間。

「你還是不了解啊，凡人！」她說：「那些武器殺不死我的！它們只會拖慢我的行動。」

柯雷默看著她，然後大笑。「如果你以為我想殺死你，那你還真是笨！很明顯，我現在知道你根本就死不了，所以我幹嘛要試呢？不，我殺不死你。但我已經趁這段相處的時間蒐集到一些有趣的資訊。」他舉槍瞄準。「你不想立刻殺死我，要不然你不會浪費時間用冰塊攻擊我。你想嚇我，希望我帶你去找那個男孩。他對你來說是個威脅，對吧？所以我只要找到他，就能讓他好好處理你。我很清楚他在什麼地方呢！」

她發出嘶嘶聲，這時她的腿又組合回去，可是他又朝她開了一槍。

「如果我有夠多子彈，我可以在這裡坐上一整天！」柯雷默嘲弄地說：「你什麼辦法也沒有！或許我該找台吸塵器來好好收拾你！」

他以為這個怪物會明白自己現在只能任由他擺布，但不知道什麼原因，她還是面帶笑容。

冰雹已經完全平息。地上的冰也融於無形，所以他知道，不管她用什麼咒語都已經失效了。那她怎麼還有膽量笑呢？

「你真是我所見過最自大的凡人！好吧！如果你不想帶我去找那個男孩，我很樂意消滅你！」她像蛇一樣輕彈舌頭。「Incantare: Templum Incendere!」

「火之殿堂。」柯雷默翻譯。

可能是進攻型的魔咒……他即將遭遇某種方式的火攻。他朝她復原的腳開了一槍，讓它化為塵土之後立刻逃跑。

這個咒語很明顯沒有立刻生效，但他不想等著看它的效果。他要利用沒有其他凡人看得見他的這個優勢。

他使盡全力衝回黑的咖啡，一把推開大門。

黑先生一定對擦咖啡杯非常、非常樂在其中，因為他還在做這件事。柯雷默才不管呢。他把手伸進黑先生的口袋，拿出卡車鑰匙，而黑先生根本沒有察覺。

正當柯雷默以為自己已經脫身的時候，他聽到拉米亞刺耳的聲音：「你真的當我是傻瓜，對吧？」

她就在他背後……但這怎麼可能？他測量過她重生的時間大概要花一、兩分鐘，沒有理由她這麼快就能追上他。

他沒有時間反應。他一轉身，對方就用蜥蜴般的爪子掐住他脖子，他的槍噹啷一聲掉在地上。

「我在這個世界已經行走幾千年了！」她發出嘶嘶聲，深綠色的眼睛直盯著他看。「你是個凡人！盲目！我也曾經像你一樣。我以為我在天神之上。我是魔法女神黑卡蒂的女兒。宙斯自己愛上我！我以為自己和他是平等的！可是後來天神是怎麼對我的？」

她的手把他的脖子掐得更緊，柯雷默喘息著想呼吸更多空氣。「希拉在我眼前殺掉我的孩子！她……！那女人……！」

一滴淚沿著她鱗狀的臉龐流下來，但柯雷默一點也不在乎這個生物在泣訴的故事。他使盡力氣將膝蓋往她胸口一頂，聽到了令人滿意的肋骨斷裂聲。

拉米亞往後倒。但願她的肋骨重生得花一點時間。她弓著背，喘著氣，彷彿太痛苦而無法站立。

「我已經招來火之殿堂，」她說：「這是一個能摧毀你的聖地的咒語，不管你寄託信念的地方是哪裡。我或許沒辦法讓你感受到我的痛苦，但我還是可以拿走所有你覺得珍貴的東西！我只要一揮手就能把它們全部拿走！」

突然間，咖啡館裡的溫度變得扎人，感覺這裡已經像個三溫暖室，熱度正在不斷攀升。

桌子第一個著火，然後是椅子，接著是……

柯雷默瘋狂衝向還快樂地擦著咖啡杯的黑先生。

「Incantare: Stulti Carcer!」拉米亞尖聲吶喊。

突然間，柯雷默的腿像鉛一樣重。他想要強迫自己移動，但是辦不到。他被牢牢固定在地上。

火焰開始爬上黑先生的圍裙。沒多久他全身都著火了，最糟的是，他甚至不知道自己身上發生了什麼事。

柯雷默對著他哭喊，可是沒用，他只能眼睜睜看著自己在基士維唯一的好朋友被火焰吞噬。

「天神可以這樣做！」拉米亞大喊：「他們可以在瞬間抹掉你珍視的每樣事物，而我也可以。」她轉向他的筆電。「我也會摧毀那個，你最新的作品。」

她的手指向他的電腦，這時火焰開始沿著吧台往電腦方向燒去。電腦的塑膠外殼開始融化。「想辦法救它呀，柯雷默！」她逗弄著，「如果你現在過去把火撲滅，或許還不會太遲喔。」

她的手動了一下，柯雷默的腳恢復知覺了。

「去啊，人子，」她發出嘶嘶聲，「去拯救你最重視的東西啊。不過你會失敗！就像我……」

拉米亞還沒說完話，柯雷默已經一拳打在她的臉上。

她倒在桌子上。柯雷默又往她身上招呼了兩拳，現在手上都是黑色沙子。

「你怎麼能在奪取一個人的性命之後還站在那裡那樣說話？」他哭喊。

她把變成爪子的手伸向柯雷默，但他用力揮掉。他翻轉桌子，拉米亞跌到地上。

「你殺了他！」他大喊：「魁梧和這件事一點關係也沒有，而你卻殺了他！我才不在乎你是哪種怪物！等我收拾你的時候，你會希望希拉當時殺了你！」

她張開嘴。「Incantare: Stu——！」

柯雷默踢中她的下巴，她下半部的臉瓦解成了沙子。

火勢現在變得更加猛烈了。刺激的煙霧讓柯雷默的肺部有灼燒感，但他不在乎。他拳打腳踢讓拉米亞化為一堆沙子，就在她想重生的時候，他再度又踢又打。

不過……他知道不能這樣一直下去，不能讓憤怒毀了自己。這是拉米亞的目的。不管他對拉米亞做什麼事，她都不會有事，但自己並不是刀槍不入，光是煙就讓他難以呼吸。他必須離開這裡，不然最後發出勝利笑聲的，會是他腳下的那堆沙。

他估計，拉米亞要重生至少得花一分鐘，不過這已經足夠讓他逃跑。

他低頭看著那堆盤繞的粉末，不曉得對方是否能聽見自己講的話。「在我下次看見你之前，我會知道殺死你的方法。你是難逃一死。一旦你的腿長回來，我建議你還是趕快逃命。」

他從地板撿起槍，然後朝著那堆沙開了一槍，這最後一槍是為了黑魁梧。

這還不夠。正義必須獲得伸張，如果他的直覺沒錯，他很確定能做到這點的那個人是誰。

❖

當警察發現他開走黑先生的卡車，會不會以為是他縱的火？他們會不會指控他謀殺黑先生呢？

真正的怪物在追他，柯雷默卻可能被警方認定是法律的敵人。如果是其他情況，他可能會覺得這種反諷很好玩，不過現在並不這麼認為，尤其在黑先生死了之後。

當然，黑先生一定會同意讓柯雷默開走他的車……柯雷默重踩油門，想在不出車禍的情況下盡可能開快一點。

拉米亞有一系列咒語可以使用。柯雷默僅有的優勢就是早一分鐘起跑。

柯雷默不喜歡算機率，但他總有辦法把劣勢轉為優勢。他的人生並不具備有利條件，不過他還是設法拿到了博士學位，並成為成功的作家。透過他的才華，他為自己掙得了名聲，即使現在被拉進這個有怪物和天神的奇怪世界，他也絕對不想輸。他不想輸給拉米亞，不想輸給黑卡蒂，不想輸給任何人。

他把車開上自家車道，跑進屋內，進門後立刻把門鎖上，並設定保全。

他不打算在這裡待超過一分鐘，但萬一拉米亞比他預期還早到達這裡，警鈴可以先通知他。

他試著重整思緒。男孩阿拉巴斯特一定了解拉米亞。在柯雷默的夢裡，阿拉巴斯特告訴穿白衣的女人，有人在追殺他；女人警告阿拉巴斯特，說她不能介入自己孩子之間的爭戰。換句話說，穿白衣的女人是黑卡蒂，而拉米亞和阿拉巴斯特都是她的孩子，兩人不得不進行某種致命的對戰。

如果有人找到阻止死亡的方法，那會發生什麼事呢？男孩曾在禮堂外面問他。阿拉巴斯特必須找到辦法擊敗不死之身的拉米亞，否則拉米亞會殺死他，也因此他才會求助一流的死亡專家——霍華．柯雷默博士。

他從工作桌上拿起名片，用手機撥了上面的電話號碼。不過對方的聲音聽起來一點也不像在求救。

「你有什麼事？」男孩用石頭般冷硬的語調問：「我知道你先前的答案是『不』。現在呢？你要我告訴你，昨晚的夢不是真的嗎？」

「我不笨，」柯雷默回應，然後走出房子重設警鈴，「我現在知道那是真實的，我也知道你姊姊想要殺死我。我在商業區遭到攻擊，很可能是因為你找我幫忙的關係。」

男孩似乎驚訝得說不出話來。最後，在柯雷默坐進黑先生的卡車時，阿拉巴斯特問：「如果她攻擊你，你怎麼還活著？」

「我說過，我不是笨蛋，」柯雷默說：「但因為你把我扯進來，害我的朋友死了。」

他簡短說明在黑的咖啡店裡發生的事。

接著又是一陣沉默。

柯雷默發動卡車。「所以呢？」

「我們不能再談下去，」阿拉巴斯特說：「怪物可以追蹤電話。你來我這裡，我會解釋我希望你做的事。動作快點。」

柯雷默把電話往座椅上一丟，然後猛力踩下油門。

❖

阿拉巴斯特所在的街道是條死巷，道路盡頭是垂直往下的石灰岩峭壁，底下就是哈德遜河。換句話說，他們不會遭到來自後方的攻擊，但那也表示他們不會有逃生路線。

柯雷默猜想，阿拉巴斯特會把房子設在這裡並非偶然。阿拉巴斯特對這地方的期待是易守難攻，即使他沒辦法撤退。這裡是背水一戰的最佳地點。

事實上，二七三號是死巷裡的最後一戶。

這裡並不華麗，也不特別。前院的草該除了，牆壁也該重新粉刷。它不是全世界最棒的房子，不過對一般家庭來說已經夠格稱之為家。

柯雷默走到門前，敲了幾下。沒多久，門就打開了。

是昨天那個男人，阿拉巴斯特的父親。他空洞的眼睛掃視著柯雷默，然後露出笑容。「哈囉，朋友！進來。我泡杯茶給你。」

柯雷默皺眉。「說實在話，我現在不在乎這個，帶我去找你兒子就好。」

男人依舊帶著微笑，引領柯雷默走進室內。

和外面不同，客廳看起來一絲不苟。每樣東西都經過非常完美的擦拭、整理與打掃，看起來就好像所有家具才剛拆掉塑膠套一樣。

火爐裡有火熊熊燃燒，而且如同那男人說的，茶已經在咖啡桌上。

柯雷默沒有動它。他在沙發上坐下來。「托靈頓先生，對吧？你真的了解我現在的處境嗎？我來這裡是為了找答案。」

「茶要涼了，」男人指出，臉上的笑容依然愉悅，「喝光它！」

柯雷默看著他的眼睛。這是他的祕密武器嗎？「你傻了嗎？」

男人還沒回應，通往大廳的門就打開了，男孩走了進來。

和昨天一樣的雀斑和棕髮，但他的裝扮非常怪異。他穿著深灰色的長袖襯衫，外面罩著防彈背心。他的褲子也是深灰色的，但他的服裝最奇怪的地方是符號。

無意義的符號隨機而潦草地寫滿他的襯衫和褲子，看起來就好像他讓五歲的小孩拿著綠色麥克筆在上面胡亂塗鴉。

「柯雷默博士，」他說：「別費心和我同伴說話。他不會告訴你任何有趣的事情。」

所有的緊張和焦慮似乎已經遠離這個男孩。他堅強果決地站著，樣子就像之前在禮堂中想嘲弄柯雷默的時候。

柯雷默看了男人一眼，再看向阿拉巴斯特。「為什麼不會？他不是你的父親嗎？」

阿拉巴斯特笑了出來。「不是。」他一屁股坐到沙發上，拿起一杯茶來喝。

「他是迷霧體。我創造他是為了當我的監護人，這樣旁人就不會問東問西了。」

柯雷默睜大了眼睛。他看著男人，對方似乎完全沒有注意到他們的對話。

「創造？你的意思是，用魔法嗎？」

阿拉巴斯特點點頭，把手伸進口袋，拿出一張空白卡片。他把卡片放在桌上，用手指點了兩下。

這個男人，或者說迷霧體，就在柯雷默的眼前瓦解，幻化成一團煙霧，然後被吸進卡片裡。等到迷霧體都消失了，阿拉巴斯特拿起卡片，這時柯雷默可以看見現在有個粗略的綠色人形印在上面。

「哪，現在好多了，」阿拉巴斯特擠出笑容。「他過了一陣子就會有點煩人。我知道這對凡人來說一定很難理解。」

「我自有辦法，」柯雷默回應他，「我更有興趣的是有關拉米亞的事，特別是殺死她的方法。」

阿拉巴斯特嘆口氣。「我告訴過你，我不知道，所以才會求助於你。你還記得我在停車場問你的事嗎？」

「如果有人找到阻止死亡的方法，那會發生什麼事呢？」柯雷默背了出來。「為什麼這很重要？和拉米亞的重生有關嗎？」

「不，所有的怪物都能這樣做。要殺怪物只有兩種方法，一是使用某種神界的金屬，另一個是利用某種形式的約束魔法，讓他們在這個世界無法重生。不過要殺她不是問題，我以前就做過，問題是，她不會死。」

柯雷默挑起眉毛。「你說的是什麼意思？不會死？」

「就是這個意思呀，」阿拉巴斯特說：「如果我殺了她，她不會保持死亡狀態，不管我用什麼方法。大部分的怪物會瓦解，元神會回到塔耳塔洛斯，然後他們要花幾年、甚至好幾世紀才能重生。但拉米亞很快就能回來。所以我才會去找你。我知道你研究過死亡的靈性層次，可能是這世界上最精通的人。我原本希望你能找到方法來阻止死亡。」

柯雷默很快地想了一下，然後搖搖頭。「我只想要摧毀那個生物，但那超過我的能力範圍。我必須深入了解你們的世界，像是天神和怪物如何運作、你們的魔法規則等。我需要資料。」

阿拉巴斯特皺起眉頭，然後喝了一口茶。「我會盡量告訴你，不過我們可能沒那麼多時間。拉米亞愈來愈能夠看穿我的隱蔽魔咒了。」

柯雷默往後躺。「在我的夢裡，黑卡蒂說你是克羅諾斯大軍的一員。想當然你們陣營裡一定還有其他人。為什麼不尋求他們的幫助呢？」

阿拉巴斯特搖搖頭。「他們大部分都死了。去年夏天，天神和泰坦巨神之間爆發了一場戰爭，大部分的半神半人、也就是像我這樣的混血人是幫奧林帕斯打仗，而我則是為克羅諾斯出戰。」

男孩顫抖地吸了口氣才繼續說：「我們主要的交通船，安朵美達公主號，被敵軍混血人所組成的集團消滅了。我們搭船出發想侵略曼哈頓，那裡是天神的根據地。混血人敵軍炸掉那艘船時，我人在上面，因為我能施咒語保護自己，所以只有我活下來。在這之後，嗯……戰爭結果不如我們預期。我在戰場上對抗敵軍，但我們大部分的盟軍都逃跑了。克羅諾斯本人進攻奧林帕斯，卻被波塞頓的兒子殺了。克羅諾斯死掉之後，奧林帕斯天神擊潰了殘餘的抵抗力量。那是場屠殺。如果我沒記錯，我母親告訴我，混血營和它的盟軍的傷亡人數總共是十六名，而我們卻是幾百名。」

柯雷默注視著阿拉巴斯特。雖然柯雷默不會說自己很有同理心，但這男孩年紀這麼小就經歷過如此多的事情，他感到很難過。「如果你們的軍隊全被消滅了，你是怎麼逃過一劫？」

「我們沒有全部被消滅，」阿拉巴斯特說：「剩下的混血人大多逃走或被抓。他們因為士氣太過低落，後來就加入了敵軍。當時有場大赦，我猜你們是這樣稱呼的，那是殺死克羅諾斯的那個男孩提出的協議。那個孩子說服奧林帕斯的天神接納之前追隨克羅諾斯的小神。」

「像是你的母親黑卡蒂。」柯雷默說。

「對，」阿拉巴斯特悲痛地說：「混血營也決定要接納任何小神的孩子。他們會在營區幫我們蓋小屋，裝個樣子表示他們沒有因為我們抵抗而盲目屠殺。奧林帕斯天神提出和平協議之後，大部分的小神都接受了，我母親卻沒有加入。你知道……除了我以外，還有其他黑卡蒂的孩子加入克羅諾斯的陣營。黑卡蒂的孩子不多，不過我是最強的，所以我的兄弟姊妹都跟隨我。我說服大部分的手足加入戰鬥……但我是唯一活下來的人。在那場戰爭中，黑卡蒂比其他天神失去了更多混血人孩子。」

「所以她才會拒絕對方的提議？」柯雷默猜想。

阿拉巴斯特又喝了一口茶。「對，至少她一開始是拒絕的。我力勸她繼續戰鬥。但眾神決定不要讓一個反叛的女神破壞他們的勝利，於是對她提出另一個協議。他們會把我放逐，永遠無法得到他們的善意對待，也不能加入混血營，這是我堅持態度而受的懲罰。可是如果黑卡蒂加入他們就饒我一命；換句話說，如果她不加入他們，就一定會讓我死。」

柯雷默皺起眉頭。「所以即使是天神，也沒有那麼崇高與全能，他們還是會忍不住去勒索對方。」

阿拉巴斯特用厭惡的眼神瞪著舒適的壁爐。「不要把他們當神看比較好，最好把他們視為神界的黑手黨。他們用威脅的手段逼迫我母親接受協議。在這個過程中，他們把我從混血營裡驅逐出去，這樣我才不會帶壞我的兄弟姊妹。」他把茶喝完。「但我永遠不會向奧林帕斯天神屈服，尤其在他們犯下那些暴行之後。他們的追隨者都是盲目的。我永遠不會再踏進他們的營區，不過要是我踏進去了，那一定是為了讓波塞頓的兒子得到應有的懲罰。」

「所以你孤立無援，」柯雷默說：「而這個怪物拉米亞要追殺你……為什麼呢？」

「我要是知道就好了，」阿拉巴斯特把空杯子放下，「從我被放逐的那一刻起，我就對付並殺死了不少來追殺我的怪物。他們靠著本能就可以感受到混血人的存在。我因為是孤單的混血人，因此變成了誘人的目標。但拉米亞不一樣。她是黑卡蒂在久遠以前所生的孩子，似乎對我有宿怨。不管我殺死她多少次，她都不會就此死去。她一直在消耗我的力量，害我在不同小鎮中流浪。我的保護咒語已經來到快失效的臨界點。現在我幾乎沒辦法睡，因為她總是想要突破我設下的屏障。」

柯雷默仔細觀察男孩，發現他有很深的黑眼圈。阿拉巴斯特可能有好幾天沒睡覺了。

「你獨自一個人有多久了？」柯雷默問：「你從什麼時候開始被放逐？」

阿拉巴斯特聳聳肩，彷彿他已經忘記了。「七或八個月前吧，但好像還要更早。時間尺度對我們混血人來說是不一樣的，我們不像你們凡人有愜意的人生，大多數的混血人甚至活不過二十歲。」

柯雷默沒有回應。即使是他，要吸收這麼多東西也不太容易。這個孩子是貨真價實的混血人，是人類和女神黑卡蒂的孩子。

他完全沒概念這類的繁衍過程要如何運作，但很明顯那是有可能的，因為這個男孩就在眼前，而且他的確不是一般的凡人。柯雷默很好奇阿拉巴斯特是否也和拉米亞一樣具有重生能力。他懷疑這一點。無論是不是姊弟，阿拉巴斯特經常說拉米亞是怪物。你不會用這樣的詞來稱呼你的同類。

這個男孩真的是孤身一人。天神放逐他，怪物想要殺他，其中一個還是自己的姊姊。他唯一的同伴是從三乘五吋大小的卡片裡跳出來的迷霧體男人。不過無論如何，這孩子活下來了。柯雷默不禁深感佩服。

阿拉巴斯特又幫自己倒了一杯茶，然後停下動作。潦草寫在他右邊袖子上的其中一個符號正散發著螢光綠色。

「拉米亞來了，」他低聲說：「我的力量還能抵擋她一會兒，但是……」

有個像燈泡破掉般的清脆聲音，他袖子上的符號像玻璃一樣裂開，噴出碎片似的綠光。

阿拉巴斯特放下茶杯。「不可能！她絕對無法用自己的魔法破除我的屏障，除非……」他瞪著柯雷默，「我的天啊。柯雷默，她在利用你！」

柯雷默緊張起來。「利用我？你在說什麼？」阿拉巴斯特還來不及回答，他襯衫上的另一個神祕符號也爆炸了。「站起來！我們現在就得離開！她剛突破了第二層屏障。」

柯雷默站起來。「等等！告訴我！她是怎麼利用我？」

「你沒有逃過她的追殺，是她放你走的！」阿拉巴斯特瞪著他。

「你身上有個咒語瓦解了我的魔咒記號！老天，我怎麼會這麼笨！」

柯雷默握緊拳頭。他被打敗了。

他一直忙著要了解這個世界的規則，以制訂策略，卻沒想到拉米亞也會使用她的策略。他犯下的錯誤現在已經帶領她找到了目標。

阿拉巴斯特把手輕輕放在柯雷默的胸口。「Incantare: Aufero Sarcina!」

另一個爆炸聲傳來。這次綠光碎片是從柯雷默的襯衫上飛出來，他跌跌撞撞往後退。「你做什麼……？」

「解除拉米亞的咒語，」阿拉巴斯特解釋，「而現在……」

阿拉巴斯特用手指點了幾個他衣服上的神祕符號，它們全都碎裂開來。就好像在呼應一樣，他褲腳上的某個符號開始發出螢光綠。

「我加強了內層屏障，但它們沒辦法抵擋她太久。我知道你想了解情況，我知道你想問更多問題，可是先別這樣做。我不會讓你死的。跟著我，而且動作要快！」

❖

今天到目前為止，他歷經了困惑、警覺、害怕和惱火等情緒，真令人難以置信。不過現在他感受到的是多年沒有出現的情緒。偉大、自信的柯雷默博士開始恐慌。

這完全是個陷阱。拉米亞沒那麼容易被擊敗。這是她的伎倆，所以她才能突破阿拉巴斯特的防守，而這全都是他的錯。

阿拉巴斯特往外跑，柯雷默一邊跟著他，一邊低聲罵著他所知道的每個髒話。還真不少。

他以前從未見過這種景象，一個閃爍著綠光的圓頂籠罩了整棟房屋，並且延伸了至少半條街道。綠光似乎正在減弱，阿拉巴斯特腿上的神祕符號也在減弱。不久前，外頭還是陽光普照、天空明亮，現在卻是烏雲罩頂，雷電不斷打向屏障。

拉米亞來了，這次她不是在玩遊戲。她來這裡是為了殺死他們。

柯雷默又含糊地咒罵了一聲。

阿拉巴斯特跑到街上之後停下腳步，抬頭看著天空。「我們逃不掉了。她已經把我們封鎖在裡面。這場暴風雨是約束咒語。有屏障時我無法消除它。逃跑不是選項了；我們必須戰鬥。」

柯雷默不敢置信地瞪著他。「黑先生的卡車就在那裡。我們可以開卡車，然後……」

「然後怎麼樣？」阿拉巴斯特瞪了回去，讓柯雷默當場楞住。「不管我們開多快，那只會讓我們變成更大的目標，讓她更好命中。而且，她就是期望像你這樣的凡人去做那種事。先別插手，我正在想辦法救你的命！」

柯雷默瞪著他，火冒三丈。他來這裡是為了幫助這個男孩，而不是感覺無助地袖手旁觀。他正想開口爭辯，這時阿拉巴斯特腿上發亮的神祕符號突然化為火焰。男孩痛苦地縮起身體，跪倒在地。在他們頭頂上，綠色圓頂破裂，發出的聲音如同一百萬扇窗戶同時破掉。

「弟弟！」拉米亞的聲音壓過雷聲。「我來了！」

閃電打在他們四周，劈倒了電線杆，樹木燃燒了起來。

但其他人似乎完全沒有注意到。隔了幾戶的人家中有個男人在幫草坪澆水。對街的一個女人從休旅車上走下來，一邊講著電話，對她家的楓樹著火視若無睹。這是殺死魁梧的同一種火焰……很明顯是針對混血人和怪物，凡人受害只是意外被牽連。

阿拉巴斯特勉強站起來，從口袋裡拿出一張圖卡。這張卡片上印的不是人，而是一把線條簡略的劍。阿拉巴斯特用手指點了點，卡片上的線條開始發光，突然間，劍不再是簡約的線條。

一把結實的金色有柄長劍從卡片上浮出來，一邊閃耀著光芒，一邊在阿拉巴斯特的手裡逐漸成形。劍上刻著發綠光的神祕符號，就和阿拉巴斯特衣服上的符號一樣。雖然那把劍的重量應該將近五十公斤，不過阿拉巴斯特很輕易地只用單手拿起。

「待在我後面，不要亂跑。」他說，雙腳穩穩踩在地上。

人生中終於有那麼一次，柯雷默沒有想要爭辯。

「拉米亞！」阿拉巴斯特對著天空吶喊：「利比亞帝國的前任女王，黑卡蒂的女兒！你是我的目標，我的劍已經盯上你。Incantare: Persequor Vestigium!」

阿拉巴斯特手拿著劍，劍上的符號發出更為強烈的光芒，而他衣服上的每個神祕符號也都像迷你聚光燈一樣閃耀著光芒。一大片的魔法咒語圍繞著他，他整個身體似乎正散發著力量。

他轉向柯雷默，柯雷默往後退了一步。阿拉巴斯特的雙眼發出綠光，就和拉米亞一樣。

男孩露出笑容。「我們會沒事的，柯雷默。英雄永遠不會死的，對吧？」

柯雷默想要反駁，事實上，希臘神話裡的英雄好像到最後都死了。

然而就在他想要回話的時候，一陣雷聲響起，怪物拉米亞出現在草坪的另一端。

阿拉巴斯特往前衝。

❖

阿拉巴斯特舉起劍，這時他感覺到之前和克羅諾斯大軍一起入侵曼哈頓時沒有感受過的情緒，願意為了某個目標而犧牲自己的性命。他把柯雷默牽扯進來。他不能讓另一個凡人因為這個怪物而死。

他第一次揮劍就中了，拉米亞的右臂瓦解成沙子。

如果是普通的怪物，像這樣被帝國黃金打造的劍砍傷將必死無疑，但拉米亞的反應只是大笑。

「弟弟，你為什麼這麼堅持？我來這裡只是為了談……」

「謊言！」阿拉巴斯特吐了口水，然後把她的左手也砍下來。「你讓我們母親的名字蒙羞！你為什麼不死掉？」

拉米亞露出鱷魚般的奸笑。「我不會死，因為我的女主人在支撐我。」

「你的女主人？」阿拉巴斯特皺起眉頭。他覺得她並不是在講黑卡蒂。

「喔，沒錯。」拉米亞閃過他的攻擊。她的手臂已經重生。「克羅諾斯失敗了，但現在我的女主人起來了。她比任何泰坦巨神或天神都還要偉大。她會摧毀奧林帕斯，並帶領黑卡蒂的孩子進入黃金時代。不幸的是，我的女主人不相信你。她不想要你活命，怕你礙事。」

「你和你的女主人要去塔耳塔洛斯，我才不管！」阿拉巴斯特怒吼，一劍把拉米亞的頭劈成兩半。「你現在和天神聯盟了嗎？是希拉派你來殺我的嗎？」

拉米亞那分成兩半的嘴巴哭了起來。「不要在我面前提到那個名字！那個老女人毀了我的家庭！你不了解嗎，弟弟？你沒有讀過我的神話嗎？」

阿拉巴斯特冷笑一聲。「我才懶得去讀有關你這種沒用怪物的故事！」

「怪物？」她尖叫，臉已經恢復原貌。「希拉才是怪物！她消滅了所有她丈夫愛上的女人。她因為嫉妒與惱怒而獵殺對方的孩子！她殺死了我的孩子！我的孩子！」

拉米亞的右手已經重生，她把因為憤怒而顫抖的手舉到面前。「我還能看見他們沒了氣息的屍體躺在我眼前……歐席亞想要成為藝術家。我記得她那時是拜我王國裡最好的雕塑家為師……她是個神童，她的技藝甚至能與雅典娜匹敵。德米崔厄斯只有九歲，再過五天就是他十歲生日。他是個很棒的男孩，身體強壯，總是想讓母親感到驕傲。他願意做任何事，只為了將來有一天能登基當上利比亞的國王。他們兩人這麼努力，都有不尋常的未來在前方等著。但希拉做了什麼事？她殘忍地殺掉他們，只因為我接受宙斯的追求而懲罰我！她才是應該在塔耳塔洛斯裡腐朽的人！」

阿拉巴斯特再度揮劍。這次拉米亞做出令人無法想像的舉動——她用自己如爬蟲類的爪子抓住帝國黃金打造的劍刃，把劍擋了下來。

阿拉巴斯特想把劍拉回來，但拉米亞牢牢抓住，將臉貼近阿拉巴斯特。「你知道接下來發生什麼事嗎，弟弟？」她低聲問。她的氣息聞起來像是剛流出來的鮮血。「我當女王的人生或許已經結束，但我的怨恨才剛剛開始。我利用母親的力量，打造了非常特別的咒語，一個能讓這世界上的所有怪物感受到混血人腐敗氣味的咒語……」她露出笑容。「或許再有幾千個像你這樣的混血人死了之後，家庭女神希拉終究會了解我的痛苦！」

阿拉巴斯特屏住呼吸。「你說什麼？」

「沒錯，你聽得沒錯！我就是那個讓你們所有人的日子變成活生生夢魘的人！我給了怪物追蹤混血人的能力！我是拉米亞，腐敗者的屠夫！而且一旦你死了，我們的其他兄弟姊妹就會追隨我，尊我為他們的女王。他們要不加入我，要不就得死！我的女主人大地之母已經答應要把我的孩子還給我。」拉米亞高興得大笑。「他們會再活過來，而我所要做的就是殺了你！」

阿拉巴斯特想要用力拉出她緊握的劍，但拉米亞靠太近了。她用力伸出爪子想挖出他的心臟，這時突然傳來刺耳的「砰」聲！拉米亞跌跌撞撞地往後退，鱗片狀的胸部出現一個彈孔。阿拉巴斯特用劍一揮，攔腰把她砍成兩半，拉米亞粉碎成一堆黑色沙子。

阿拉巴斯特轉頭看了柯雷默一眼，他正站在右邊三公尺遠的地方，手上拿著槍。「你在幹嘛？她搞不好會殺了你！」

柯雷默露出笑容。「我看你剛剛的舉動也和我一樣沒輸嘛，所以我想助你一臂之力。我總得用最後一顆子彈做點什麼。」

阿拉巴斯特驚訝地瞪著他。「老天，你真的很自大。」

「我最近常聽到這句話。我要開始把它當成恭維了。」柯雷默低頭看著拉米亞的身體，她已經開始重生。「現在有支拖把就好辦了。她隨時會再回來。」

阿拉巴斯特想要思考，但他筋疲力盡。他大部分的咒語都失效了，防禦措施已被摧毀。「我們必須離開這裡。」

柯雷默搖搖頭。「你之前逃過，但沒有任何好處。我們需要一個對付她的辦法。她說過她的生命是由她的女主人在支撐……」

「大地之母，」阿拉巴斯特說：「蓋婭。她在古代曾經想要推翻天神。不過知道這點對我們有什麼幫助？」

柯雷默捧起一堆黑沙，看著沙子在他手上滾動，想要重生。「大地……」他沉思著，「如果沒辦法把拉米亞送回塔耳塔洛斯，如果她就是死不了，難道沒有辦法將她監禁在這個世界嗎？」

阿拉巴斯特皺著眉頭，然後靈光一閃。

他原本期望這個人、這個天才會想出更複雜的答案。如果他告訴柯雷默有關冥界以及如何弄死怪物的事，他期望這個本世紀最佳頭腦就會告訴他怎樣才能永遠殺死拉米亞。

但答案比那個要簡單得多。柯雷默剛剛不經意地解決了問題。

他們永遠沒辦法殺死拉米亞。大地女神蓋婭會一而再、再而三地讓她重回凡人世界。但如果他們不設法把她送回塔耳塔洛斯呢？如果這個世界反而變成拉米亞的監獄呢？

阿拉巴斯特看著他的眼睛。「我們必須回到我家！我想我知道阻止他的方法了。」

「你確定嗎？」柯雷默問：「怎麼做？」

阿拉巴斯特搖頭。「沒時間了！我們要找一本放在我床邊小桌上的書。如果我們拿到書，就可以阻止她。現在走吧！」

柯雷默點頭，他們開始跑向前門。

阿拉巴斯特一直擁有阻止她的力量，只是他不知道。現在他有答案了。這世界上沒有任何怪物能阻止他。

❖

柯雷默已經不想再跑了。

他的年輕朋友阿拉巴斯特即使手上拿著幾十公斤重的劍，看起來還可以跑個幾公里，而且他已經抵擋拉米亞的攻擊好幾個星期了。

柯雷默的情況則截然不同。躲避拉米亞的追殺只不過幾個小時，他已經快累垮了。混血人的身體結構一定比人類強得多。

阿拉巴斯特飛奔過客廳。他咧嘴大笑，回頭揮手要柯雷默快一點。「它一直都在這裡！老天，我要是早點知道就好了！」

屋外打著閃電，柯雷默皺起眉頭。「你那些話可以等我們贏了之後再說。我只希望你的魔法子彈真的有效。」

阿拉巴斯特點頭。「我很確定！每種絕對不敗的形式都有弱點。坦克車是艙門，阿基里斯是腳後跟，拉米亞則是這個。」

看著阿拉巴斯特的表情，柯雷默幾乎笑了出來。這個輕鬆自在的男孩才是他應該要有的樣子，而不是一個預計活不過二十歲的混血人戰士。他看起來就像普通的十六歲男孩，完整的人生正在前方等著他……

或許等拉米亞死了之後，阿拉巴斯特可以過那樣的人生。或許吧，如果天神願意讓他擁有的話……

但柯雷默要做什麼呢？他的一生都在尋找死亡的答案，然而在這一天裡，他發現自己相信的每件事都是謊言。或者反過來說，他一輩子不屑一顧的謊言其實是真的。柯雷默會如何扭轉局勢？一個沒有特殊能力的中年男子要怎麼影響天神和怪物的世界？

他過去的人生似乎毫無意義。他的截稿期限、他的新書簽名會，那樣的人生已經跟著黑的咖啡店裡那台筆電一起熔解了。像他這樣的凡人，在這個新世界會有容身之處嗎？

阿拉巴斯特帶著他上樓，進到一個小臥室。牆上滿滿都是之前出現在阿拉巴斯特衣服上的綠色神祕符號。當他走進去拿起小桌子上的筆記時，它們全都亮了起來。

「這是速記寫下的咒語，」他解釋，「我想它會有用。它必須有用！」

男孩轉向在門邊等待的柯雷默。阿拉巴斯特的笑容消失了。他的表情轉為驚駭。

一瞬間後，柯雷默了解原因了。冷冷的爪子戳在他背後的脖子上。拉米亞的聲音在他耳邊爆裂開來。

「如果你說出咒語的一個字，我就殺了他，」拉米亞威脅，「把書丟掉，或許我還可以饒他不死。」

柯雷默盯著男孩看，希望他無論如何都把咒語唸出來，他卻像個笨蛋一樣丟掉書。

「你在做什麼？」柯雷默咆哮：「唸咒語啊！」

阿拉巴斯特僵住了，像是有上千人在看他。「我……我不能……她會……」

「別顧慮我！」柯雷默大喊，這時拉米亞架在他脖子上的爪子刺得更深了。

這時她在他耳邊低聲說：「Incantare: Templum Incendere.」

阿拉巴斯特腳邊的筆記開始燃起火焰。

「你在做什麼，你這個白痴？」柯雷默對著男孩怒吼：「你沒那麼笨啊，阿拉巴斯特！如果你不唸咒語的話，你也會死的！」

眼淚沿著阿拉巴斯特的臉頰往下滑。「你不了解嗎？我不想再讓其他人因為我而死了。是我帶著兄弟姊妹去送死的！」

柯雷默皺眉。那個男孩沒看見筆記在燃燒嗎？筆記封面捲起來化為灰燼時，拉米亞咯咯笑了出來。書頁就快要永遠消失了，沒時間去說服那個呆頭男孩，柯雷默必須逼迫自己行動。

「阿拉巴斯特……我們死的時候，會發生什麼事？」

「不要再說了！」阿拉巴斯特尖叫，「你不會有事的！」

但柯雷默只是搖搖頭。阻止阿拉巴斯特唸咒語的唯一原因就是他，所以他很清楚接下來的路該怎麼走。他必須幫阿拉巴斯特移除路上最後一個障礙。

為了幫魁梧復仇，為了拯救這個天神的孩子，他知道自己必須做什麼。

「阿拉巴斯特，你之前告訴過我英雄不會死。你或許是對的，不過我可以告訴你一件事。」柯雷默看著男孩的眼睛。「我不是英雄。」

話一說完，柯雷默用力倒向拉米亞。他們雙雙跌進走廊裡。柯雷默轉身想和怪物扭打，希望能幫阿拉巴斯特多爭取幾秒鐘的時間，但他知道自己是贏不了的。

阿拉巴斯特驚恐的尖叫聲從很遠的地方傳到他耳裡。然後他開始飄移，飄到另一個世界。死神冷冷的手像是寒冰監獄，完全籠罩了霍華・柯雷默。

沒有擺渡人等著他，甚至連船都沒有。他被拖過冥河凍得刺骨的河水，拖向在前方等著他、根據他這輩子所作所為而判定的任何懲罰。

他可以設法主張自己是個有純正動機的人，想要對全世界宣揚理念，不過連他都知道，那些不是事實。他以前並不把神這概念當一回事，也藐視任何崇拜神的人。他以前對這些都一笑置之，但如果他在過去六小時學到了什麼，那就是這些天神真是沒有幽默感。

真可惜，他被拖過冰冷的水流時在內心想著。如果阿拉巴斯特不是天神的敵人，柯雷默或許會因為拯救男孩的性命而受到英雄般的接待。

但造化弄人。當他面對審判時，將會因為幫助叛徒而受到懲罰。

這實在很諷刺，真的……他死的時候做了一件好事，卻可能被判終身待在黑暗裡。從孩提時候起，這一直是他的恐懼，死掉並且被拒於天堂之外。即使他在嚴寒的河水中漂浮，他臉上還是掛著笑容。

阿拉巴斯特沒有和他一起踏上這段旅程，這告訴他一件事：拉米亞沒有殺死這男孩。沒有人質在牽制他，阿拉巴斯特在盛怒之下一定會唸出咒語，擊敗拉米亞。

這樣就足以讓柯雷默心滿意足了，無論天神決定對他施予什麼樣的懲罰。現在他是最後掛著笑容的人，而且此後永生都是如此。

不過令人訝異的是，他的命運並沒有以這種方式結束。在黑暗之中，他的上方有道光在閃爍，而且愈來愈明亮與溫暖。一隻手伸向他，一隻女人的手在黑暗中伸向他。他是有邏輯的人，所以他採取有邏輯的做法。他接受了。

❖

等到他的眼睛適應了，他發現自己身在教堂裡；不是天堂裡那個閃亮神聖的教堂，而是一座年久失修的教堂，也就是出現在他夢中那個布滿灰塵的骯髒小禮拜堂。而在聖壇前祈禱的是個穿著禮服的年輕女子，她是阿拉巴斯特的母親、女神黑卡蒂。

「我想你在等我感謝你，」柯雷默說：「因為你救了我的命。」

「不，」黑卡蒂肅穆地說：「因為我並沒有救你的命。你還是死了。」

柯雷默的第一個本能是想要爭辯，但他沒有。不必是天才也可以搞清楚自己的心臟並沒有在跳動。「那麼，我為什麼會在這裡？為什麼你要帶我來這個地方？」

他靠近聖壇，坐到黑卡蒂旁邊的灰塵上，可是她沒有看他，她依然閉著眼睛在祈禱。她的臉像是希臘雕像，蒼白、美麗而且不老。

「我救了他們，」她告訴他：「我的兩個孩子。你應該會因此而恨我。」

兩個……她救了拉米亞……

柯雷默猜想，對女神大吼大叫可能不太明智，但他就是忍不住。「你告訴過阿拉巴斯特說你不會干涉的！」他質問：「在我犧牲自己幫助那男孩之後，你在最後一刻介入，並且救了那個怪物？」

「我不想再讓我的孩子死去，」她說：「阿拉巴斯特的方法應該能成功。由於你無私的犧牲，讓他有時間拿回筆記，並找到咒語。那是個約束咒語，能將治癒並增強生命體的咒語翻轉過來。如果他對拉米亞施了這個咒語，她就會一直是堆黑色塵土，但她不會死，也無法重生。她會永遠以一堆黑色塵土的形式活下去。在這一切發生之前，我出手阻止了。」

柯雷默眨著眼睛。男孩的方法既聰明又簡單。他比以前更加佩服阿拉巴斯特了。

「你為什麼不讓他進行？」柯雷默問：「拉米亞是個殺人犯，她不該接受阿拉巴斯特的審判嗎？」

黑卡蒂一時之間沒有回答，只是把手握得更緊了。在經過似乎是永恆的沉默之後，她低聲說：「阿拉巴斯特很喜歡你。我知道你讓他變得有多快樂，可能是因為你讓我們兩個想起了他父親。」她露出淡淡的微笑。「阿拉巴斯特是個總想讓母親感到驕傲的孩子，即使他有時因此顯得很魯莽……但拉米亞也有辛苦的過去。她的命運不是自己造成的。我想要看到她和阿拉巴斯特一樣快樂。」

「你帶我來這裡，只是為了告訴我這些？」柯雷默挑起眉毛問她：「只是為了告訴我，我所有的努力都是枉然？」

「你的努力不會白費的，博士。因為我要讓你去照顧阿拉巴斯特。」

他好奇地看著她。「如果我死了，我要怎麼照顧他？」

「身為女神，我的主要任務是維護迷霧，也就是奧林帕斯和凡人世界之間的魔法屏障。我把這兩個世界分離開來。如果凡人不小心看到某種魔法，我就提供能讓他們信以為真的快樂替代品。阿拉巴斯特也能對迷霧施展力量，我相信他讓你看過一些他的創作，那些能轉為實體的符號。」

「迷霧體，」柯雷默回想起那個假父親，還有金色長劍，「是的，阿拉巴斯特曾經對我示範過。」

黑卡蒂的表情轉為嚴肅。「最近，生死之間的界限弱化了，因為蓋婭的關係。這樣她才能很快地把怪物僕人從冥界帶回來，並幾乎立刻讓他們重生。但我有辦法把這個弱化現象轉成對我們有利的情況。我可以把你的靈魂以迷霧體的形式送回這個世界。那會耗損我大部分的功力，不過我可以給你新生命。阿拉巴斯特一直很任性又不耐煩，可是如果有你在他身邊，你可以引導他。」

柯雷默瞪著女神。以迷霧體的形式死而復生……他必須承認，這聽起來比永遠的懲罰要好。「如果你有這麼大的力量，為什麼不早點把拉米亞和阿拉巴斯特分開？我的死不就毫無必要？」

「很不幸，博士，你的死非常必要，」黑卡蒂說：「魔法不能無中生有，它必須利用既有的事物。情操高貴的犧牲能創造強大的魔法能量。我利用那股力量將我的孩子分開，事實上，你的死讓我得以拯救他們兩個。或許更重要的是，阿拉巴斯特從你的死亡學到某些事。我想你應該也是。」

柯雷默忍住沒有回嘴。自己的死被當成學習的課題，他並不樂意。

「萬一事情又重演呢？」柯雷默問：「拉米亞不會繼續追殺你兒子嗎？」

「短期內不會，」黑卡蒂說：「阿拉巴斯特現在擁有能擊敗她的強力咒語，她不會傻到貿然發動攻擊。」

「但最後她還是能找到對抗咒語的方法啊。」柯雷默猜測。

黑卡蒂嘆了口氣。「事情或許會演變成那樣。我的孩子總是彼此對抗。最強的人會領導其他人。阿拉巴斯特加入克羅諾斯陣營，並把他的兄弟姊妹帶向戰爭，他們的死讓他很自責。現在拉米亞起來挑戰他的領導地位，希望魔法之子能跟著她一起投入蓋婭麾下。一定還有其他辦法的。其他天神從來不看好我的孩子們，但這個蓋婭反抗軍只會帶來更多流血。阿拉巴斯特必須找到其他答案，能為我的孩子帶來和平的某種新安排。」

柯雷默猶豫了。「如果他們不想要和平呢？」

「我不會選邊站，」她說：「不過我希望你在那裡引導他，阿拉巴斯特將做出正確判斷，一個能帶領我的家族邁向和平的決定。」

這是個活下去的理由，柯雷默在心裡想。對一個沒有特殊能力的凡人男子來說，這是能夠影響天神和怪物世界的方法。

柯雷默露出微笑。「這聽起來是個挑戰。很好，我接受。雖然我只能以迷霧體的形式存在，但我會努力讓他成功。」

他站了起來，正要走出教堂大門時，又停下腳步。

即使他已經死了，他一直在尋找的答案就在眼前。

「我還有一個問題要問你，黑卡蒂。」他變得伶牙俐齒，就像阿拉巴斯特那時在演講聽眾前的表現一樣。「你自己就是神，那你是在向誰祈禱呢？」

她停了一會兒，轉向他，睜開她明亮的綠色眼睛。然後，就好像答案很明顯一樣，她微笑著說：「希望你找到答案。」

❖

阿拉巴斯特在一片草原上醒來，他衣服上的所有神祕符號都破掉了，防彈背心也被砍壞，已經不能再用了。

不過令人訝異的是，他感覺安然無事。

他繼續在草地上躺了一會兒，想要弄清楚自己在哪裡。他最後的記憶是柯雷默猛然倒向怪物、拉米亞的爪子戳在博士的脖子上、燃燒的筆記、咒語……他準備要施咒語了，然後……他在這裡醒來。

他把手伸進口袋，拿出迷霧體卡片，但所有的印記都變成了汙漬。失效了，就和他其餘的魔法一樣。

這時一個男人的形影出現在他上方，擋住了陽光。一隻手往下伸，幫助他站起來。

「柯雷默？」阿拉巴斯特頓時雀躍起來。「發生了什麼事？我以為……你在這裡做什麼？」

柯雷默對著阿拉巴斯特露出他接下來一輩子都會有的微笑。「來吧，」他說：「我想我們兩個得去進行一些研究。」

混血營英雄

混血人日記

國家圖書館出版品預行編目資料

混血營英雄：混血人日記 / 雷克・萊爾頓（Rick Riordan） 著 ; 江坤山譯. -- 初版. -- 臺北市：遠流, 2013.12
面； 公分
譯自：The Hroes of Olympus : Te Digod Daries
ISBN 978-957-32-7314-1（精裝）

874.57　　102023185

文 / 雷克・萊爾頓　譯 / 江坤山

執行編輯 / 陳懿文　編輯協力 / 林孜懃　特約編輯 / 周怡伶
封面設計、繪圖 / 唐壽南　行銷企劃 / 陳佳美
出版一部總編輯暨總監 / 王明雪

發行人 / 王榮文
出版發行 / 遠流出版事業股份有限公司　台北市南昌路2段81號6樓
電話：(02)2392-6899　傳眞：(02)2392-6658　郵撥：0189456-1
著作權顧問 / 蕭雄淋律師
輸出印刷 / 中原造像股份有限公司
□ 2013年12月1日 初版一刷　□ 2018年3月15日 初版六刷

定價 / 新台幣320元 (缺頁或破損的書，請寄回更換)

ISBN 978-957-32-7314-1

遠流博識網 http://www.ylib.com　E-mail:ylib@ylib.com
遠流雷克萊爾頓奇幻欄 http://www.facebook.com/thekanefans
混血營英雄中文官方網站 http://www.ylib.com/hotsale/TheHeroes
波西傑克森—混血人俱樂部 http://blog.ylib.com/PercyJackson

THE HEROES OF OLYMPUS: THE DEMIGOD DIARIES by Rick Riordan
Permission for this edition was arranged through the Nancy Galt Literary Agency
via Bardon-Chinese Media Agency

作者簡介

雷克・萊爾頓 (Rick Riordan)

美國知名作家，最著名作品爲【波西傑克森】、【埃及守護神】及【混血營英雄】三個系列。
想進一步了解雷克・萊爾頓的相關資訊，請上他的個人網站：http://www.rickriordan.com。

譯者簡介

江坤山

自由文字工作者，譯作有《熊行者首部曲4：終極大荒野》、《波西傑克森：機密檔案》。